又一场久别的重逢

津沅——著

天津出版传媒集团
百花文艺出版社

图书在版编目（CIP）数据

又一场久别的重逢 / 津沅著 . -- 天津 : 百花文艺出版社 , 2024.1
ISBN 978-7-5306-8739-0

Ⅰ . ①又… Ⅱ . ①津… Ⅲ . ①散文集 — 中国 — 当代 Ⅳ . ① I267

中国国家版本馆 CIP 数据核字 (2024) 第 003394 号

又一场久别的重逢

YOUYICHANG JIUBIE DE CHONGFENG

津沅　著

出 版 人： 薛印胜
责任编辑： 郑　爽
装帧设计： 枢　玖
出版发行： 百花文艺出版社
地址： 天津市和平区西康路 35 号　　**邮编：** 300051
电话传真： +86-22-23332651（发行部）
+86-22-23332656（总编室）
+86-22-23332478（邮购部）
网址： http://www.baihuawenyi.com
印刷： 河北省永清县金鑫印刷有限公司
开本： 880 毫米 ×1230 毫米　1/32
字数： 150 千字
印张： 7
版次： 2024 年 1 月第 1 版
印次： 2024 年 1 月第 1 次印刷
定价： 58.00 元

如有印装质量问题，请与河北省永清县金鑫印刷有限公司联系调换
地址：河北省廊坊市永清县永清镇鲁村
电话：13785672088　邮编：065000

一路繁花

开车回东北，导航给出这样三条路：京哈高速，626公里，限速120；大广高速—长深高速—丹锡高速，686公里，限速100；京秦高速—京哈高速，625公里，限速120。

前十年，习惯走京哈线，一路的服务区，如数家珍般的清晰。停新安镇服务区，可以买到正宗的天津麻花；停滦县服务区，可以买到又好又便宜的唐山瓷器；停塔山服务区，可以买到虹螺岘干豆腐和正宗的尹家烧鸡。后来，丰润服务区改进了，有肯德基，如果带着女儿就尽量在那儿歇脚，给她买几块炸鸡，还可以顺带来个甜筒提提神。兴城服务区，是一定要停的。望望首山的方向，在心里叩拜爷爷奶奶；望望城墙的方向，咂摸咂摸渐渐模糊的童年。也曾拐下高速兴冲冲奔向南关市场，说是想带点儿海鲜回家，其实是想闻闻记忆里柴火的味道。

每次过山海关，心情都很激动，有点儿像路过天安门的那种兴奋。

2020 年春节回家过年，初十回京，赶上大雾，京哈入口关闭。导航把我引上了 102 国道，绕道了朝阳县，雾散了，从双庙站上了丹锡高速，再上大广高速、京承高速。穿过雾凇，就是隧道，检查站过了六个。天全黑了才到家，那一路，我跑了足足 12 个小时。第二次走那条路，是 2022 年春节刚过。从锦州西上丹锡高速，左右皆山，红土梯地，天高地阔。山脚人家成了最有烟火气的地方，袅袅婷婷；苍白的果树枝丫成了松树的阴影，浓淡相宜。山腰里有鞭炮弹出的密集烟弹，风一过，散了，闷声的回响被山谷收了，积蓄成许多的热烈。近山覆麻，远山黛画。迎光剪影，逆光板刻。偶有弯路把山推开，心就摊开得四仰八叉。天是晴的，山和天的交界处有一条淡蓝色的边线。山，还没有青色，像苍茫的波浪，起伏在我心里，知道自己爱上了它，爱上了那片山色，爱上了那条山路。

老妈说："真奇怪，山，怎么就看不够呢?"我说："真奇怪，山，怎么能看够呢?"

四时皆不同，山山都是画。

3 月，回乡扫墓。北京的春天，处处繁花盛开。回乡的山路，桃花点点含着，连成片的，像桃花岛；散落在黄土地上的，就像一朵朵盛开的烟花。浅粉、淡红，如雾似霞，不必纠结颜色。朝阳服务区没有下，因为看见下一个服务区 27. 5 公里处有一个桃花吐，心想一定要把那个牌子拍下来。看看那里有怎样的"桃花"，怎样的"吐"。结果，导航我把引上了丹锡高速，三公里朝阳，山脚下白茫茫的一片，高楼林立，显得山那么的突兀，倒成了海市蜃楼。眼前的山起伏小，像是平铺直叙。大多数的杨树都挺立如塔，但也有个别把枝丫投向公路，斜倚成一幅幅画。驶上饶阳河大桥，前面就是辽河了，河岸上是星星点点的迎春，北方的春果然羞涩。起风了，树枝带着它的叶子一起舞动着，真怀疑这风是被树摇出来的。

4 月，回京。经历了一场春雨，山桃花已经绚烂无比了。车行的前路更像是一种奔赴，忽然觉得，这场相遇，我已经等了好久！以为祥云落了山谷，以为群羊染了粉发，以为烟花留了幻影，以为矮松换了色卡。一点点、一簇簇，藕丝秋半，褪红、樱花，近展的枝丫，远处的烟霞。无始无终，无边无涯，凝了流转目色，锁了春趣淡雅。就那样，我用归心的箭穿了一路的烂漫山花。过了 32 个隧道，交换了 32 个时空，用洞顶的路灯做了 32 对时间的省略号。

真正爱山的人，定会是走到山里去的，脱离房屋的庇护，在自然中徒步。他们的目标是到更高的地方去见更新的奇观胜景，走更艰难的陡路险坡，攀更巍峨的峰。

而我，是摊开心来看山的。无论积雪冰封，无论贫瘠荒凉，无论花岗岩壁，我都爱看，只希望那绕山的路没有尽头。

——万山轻履，一路繁花。

目录

开往春天

都说北京没有春天，一日入夏的经历，太多了。脱下棉衣就穿半袖，似乎成了“北京特色”。真的很想知道，朱自清的《春》是怎么盼回来的？郁达夫的《春愁》是怎么长出来的？

今年的春天，似乎来得特别早。

惊蛰的前一天，偶然在同事的朋友圈里见识了初开的蜡梅，黄艳艳的让人心动。一走一过，总觉得路边枯草堆里有盈盈的淡绿，怕是自己心急花了眼，扒开来看，果然是新草泛春了，点点含着，让人欣喜。

柳绿，似乎只用了三天：第一天，还是鹅黄的线条；第二天，就长出些黄绿的毛虫儿；第三天，已然满枝满绦的新绿喜人了。柳绿那天，是个周末，女儿下午三点放学。远远地看见她和一个同样眉眼清秀、轮廓清晰的女孩，笑盈盈地走来。背后是满墙的青藤，前路垂着珠帘似的鲜嫩柳枝，像一幅画，一幅只用新鲜颜色装点的水粉画。

远远地，我伸开双臂迎接女儿，她却躲开我，羞涩地看向旁边的同学。我不勉强，默默地跟在她们身后，让刚才的画卷翻转成背影。

空气中有种青草芳香，从路旁长出来，从新芽的缝隙中露出来，从她们的背影里飘散开来。

花开，好像就只用了一夜。不知道那一夜，东风唱的是什么歌？

一早起来，迎春花簇拥着成片的明黄一下就填满了你的心，让你没处躲没处藏；桃花开了，含蕊站在枝头，艳得人意乱情迷；每一株梅花都是一幅画，枝干遒劲，花团热烈；每一朵杏花都是一个故事，开头很美好，结局很酸涩；每一枝玉兰都是一种孤傲，美到极致，无须映衬；每一株海棠都是一场邂逅，似霞如雾，亦真亦幻；丁香也开了，像紫色迷离的雾，又像夏夜淡蓝的风。

留恋在这样的春日里，不知不觉，就忘记了自己。

走进玉兰梦

春花里，独爱玉兰，源于童年的一场偶遇。

很小的时候，去故宫，不记得太和殿、宝座、金砖，却独独被宫墙下的一棵大树吸引了，那灰白色粗糙干裂的枝头，有几朵白色的花苞，纯净的白，一下就占满了我的心。踮脚贴近了闻，一股清清淡淡的幽香落到心里，就再也无法拭去了。可那时的我，根本不知道，它叫什么？

直到十三四岁，《火烧圆明园》里的兰儿告诉我，那儿时袭进心里的花儿是——玉兰。

来北京的第三年，去报社帮忙。三环里的内院里，有两棵大树。灰白的树干，秋冬天并不起眼儿。可春风一来，它们就变换了模样，秃秃的枝头嵌上了许多白色的花，和我儿时深刻的记忆一模一样。

早晨，呆站在树下好久，脑子里空空的。上了楼才发现，玉兰就开在二楼的窗前，站在走廊里，好像伸手就能够到。面对满眼的玉兰，我竟羞涩成孩子，一句话也说不出来了。

挨到午休，三个小姑娘同事也来了，她们都 20 岁出头，每天都把日子笑成花儿。我喜欢她们，就像喜欢春天一样。三个人叽叽喳喳地要拍照，我应和着，在窗前和玉兰、和她们，一起拍了许多合影。拍着拍着就分不清哪个是玉兰，哪个是她们了。

那年的玉兰花开了很长时间，我还在树下捡了两片完整的花叶夹在书里，如今已经透薄成了蝉翼。

接下来的许多年，我似乎都和玉兰错过了。家住四环外，四环外的玉兰多是移植来的，株小，干细，花轻，三两天就开成了大蝴蝶，很快就枯黄败落了。以紫色为主，也有明黄的，艳得让人发慌。这样的玉兰，我假装没看见。

今年的玉兰开得满眼都是，央美实习楼下的玉兰是鹅黄色的，衬着白墙绿瓦，有种揪心的美；望京西路上的玉兰是玫红的，远看时袅袅婷婷，别有一番风韵；当然，我还是最爱纯净无瑕的白色。

不识海棠雨

单位门前有绿岛，相隔四五十米相挨着两棵大树，每到春来，棕色的树叶间就蓬勃出许多微紫淡粉的花。前年春的一天，从大楼出来，远远就看见大树在风中摇曳，漫天落花如雪。有车快速压过卷起落花如浪，一浪挨着一浪，像一场凄美的诉说。

惊觉——这就是樱花吧？这应该就是传说中的樱花雨。

当时就拍了小视频发了朋友圈，还在一大段感慨后写下：恍然大悟，这就是樱花。

以后每年，都盼着花开，早春路过时总要停下来，对着它们发一会儿呆，光线好的时候，摇下车窗，拍几张照片。直到花开到极盛，树叶一点点长大把所有的花瓣都挤落，我在树下的脚步也快了，从未想过要去看看花的果子长什么样儿。

前几天，女儿的班主任冯老师发了个朋友圈，三张照片的花朵都和我单位门前的一模一样，她的配文是："……一出校门就闻到了海棠花的香味。"语文老师应该不会出错吧？我开始怀疑自己的判断。

晚上接女儿放学，车停在路边，匆匆进了校园，边走边和闺密聊微信，突然一股甜甜腻腻的香味冲进鼻子，进几步没了，退几步又来了，循着香味在树下来回走着，最后确定香味是从那几株树上弥漫下来的。借着路灯抬头反复仔细地看，最后确定这树和我们单位门前的是一般不二。

女儿出来，远远就说："妈妈，你闻到海棠的香味了吗？"

"你怎么知道是海棠？"

"今天同学告诉我的。"

一直以为自己是个懂花的人，能在花店里清楚地分辨哪种是月季，哪种是玫瑰，哪种是雏菊，哪种是百合。没想到花长回树上，我竟成了白痴。

偶遇桃花村

清明小长假的最后一天，送女儿上学回来，我和老公一拍即合："我们踏青去!"在家备足了茶水，拐道儿买了吃食，我们就出发了。老公问："往哪儿开?"

"就往山里开，看见花就停下来。"

京承高速，随便找个口就拐了下去。前面是柏油路，两边密排的杨树，把路延伸得很长很长。路的右边有一片开阔地，静蓝的水面平铺向远方。

上网一查才知道，这条河叫温榆河。发源于关山，汇诸泉之水，开发于辽、唐之时，这片流域被命名为"幽州"，水流中有大量来自汤山的温泉。所以叫"温榆河"。"榆"通"浴"。

路行转弯，前进两公里，眼前就是一片桃花园。车没停稳，我就快步扑向花海。一会儿抬头看天，一会儿停步看花。走到桃花深处，脚步自然就慢了下来，闪躲四伸的桃枝，痴痴地和每朵桃花打着招呼。

老公在桃林外远远地站着，我知道他怕打扰了我和桃花的对话。

回家的路上，我久久都没有说话。老公问我在想啥，我就把那首在心里写的诗，读给他听：

桃花深处桃花村，
桃花村外桃枝绕，
桃枝尽头桃花俏，
桃花人面春风笑。

开往春天的火车

从黄土店到延庆，有一趟市郊铁路 S2 线，途经庸关长城那段路，山两边种满各种植物，特别是樱花树。所以当春天山花烂漫的时候，S2 列车就像穿过花海，因此这趟车有个特别的名字——开往春天的火车。

第一次看到 S2 线的图片，就幻想自己坐在火车里，在花海中穿梭，风里都是花香，眼里都是花影，自己就在画里，似乎穿过的不光是花海，还有时光。那是一幅多美的画卷呀！想想都让人兴奋，眼含泪光。

约了小武一起去坐 S2 线，她查路线、查时间、查注意事项，我们约好第三天出发。那一夜，我兴奋得都睡不着觉，告诉老公，告诉女儿，打电话告诉老妈，甚至想告诉路过的每一个人：“我要去看花了，坐着‘开往春天的火车’。”

第二天小武给我微信留言：“姐呀！天气预报，明天有扬沙，要不咱改天吧！”

我是个最不爱出门前看天气的人，总觉得一切相遇都是偶然，雨天的竹海、台风后的三亚、暴雨中的苏州，那些“恶劣天气”似乎比风景本身更让人难以忘记。人生本来不就是一场加一场的偶遇吗?

小武年轻，她有自己的一套价值体系，无意苛求。我们约好，等天气好的时候再去。

可这一等，就错过了整个花季。

没坐上火车，在城里看看花总该可以了吧？便约了两个高中同学，一同去看“海棠花溪”。

刚说要约第二天，“大米粥”就说：“明天有雨。”

“下雨，不能看海棠吗?”

她又说：“不但有雨，还降温，不如等个好天气。”

第二天，雨，果然来了。几乎落了一整天，天地间包裹着重重的湿气，远远的一片灰云滚过来，没有界限，像被什么推着，和灰云一起来的还有巨大的灰幕，十分钟后，窗玻璃上有清晰的敲击声。路面上积水把归家汽车的灯拉成长长的两条红线，远处是闪光的七彩世界。

就这样，我错过了两场与春的约会。

可谁又能说，“错过”本身不是一种美呢?

端阳雨

手机呜呜地响，屏幕上闪动着“端午”两个字。万年历提醒：今天是五月初五，端午节，又叫端阳节。民间传说端午的来历有三个版本：一为纪念屈原，二为纪念伍子胥，三为纪念曹娥。

无论为了谁，这一天，注定是用来回念的。

昨夜的雨下得很安静，大地像是从海里捞出来一样，挂着咸涩的水滴。空气中饱有水分，只是少了儿时那艾草的甜香。

从梦中被妈妈推醒，迷迷糊糊穿上衣服就被带出了家门。走到田埂上，天才蒙蒙亮。姥姥用她青筋突起的手，示范我们如何拈取草尖上的露珠，如何往眼睛上抹。一下……两下……眼睛被冰凉的“圣水”击醒，头皮都觉得清爽。

走累了，蹲在坝梗上，歪头看姥姥，叶尖上绿色的露珠，在她指尖变成了白色，在我指尖又成了闪亮的粉色。原来，露珠，是有颜色的。这个秘密，一直在心底，藏了许多年。

走在前面的是爸爸、扶着姥姥的妈妈，牵着小弟弟的我拖拉在最后。五个人，要走到太阳老高才能回到家。三个大人每人手中都捏着一大把艾蒿，芹菜样的叶子背面蒙着雾一样的白霜。很想不明白：这种叶子到处都是，有必要走那么一大圈去寻找吗？

回到家，头发打着绺贴在额头。弄湿头发的，是汗水，还是沾了草香的露珠？少年的我不曾想过。

那天最开心的事儿，就是吃粽子。粽子，是头天晚上爸爸包的，妈妈用两个大锅，几乎煮了一宿。苇叶的香，灌满了我整晚的梦。

看爸爸包粽子，是件非常着迷的事儿。为了不浪费苇叶，我和弟弟被指在远远小板凳上。大盆里，白白的米浆上浮着鼓胀的红枣，在灯下泛着油亮的光。支出盆边的马莲叶，微卷的尖儿把聚成一颗的水滴，轻轻地坠到光滑的青灰的水泥地上。

江米，在水里已经泡足了一整天，新鲜的苇叶和马莲也都是提前煮好的。

神奇的是，爸爸总能找到三张宽窄和长度几乎相同的苇叶，一张压一张对齐、捋平，撅成小斗，左手掐住，腾出右手去捧米，倒入小斗，再捧水冲米，放一颗小枣，添米、冲水，直到米和小斗的边缘平齐，合了苇叶，一卷，再卷，马莲条压上去，一道道捆个结结实实。整个工序连贯顺畅，像一段小夜曲。

米剩四分之一的时候，红枣不见了，爸爸的手指跳动出更快的节奏。

爸爸包的粽子像标志的“美人”，鼓鼓的四角形，最长的角尖尖的，中间还有个弯弯的腰身。

爸爸说他不爱吃枣，所以，碗里的粽子只有一色的青黄……

那年我6岁，我们家住在一个叫大武口的地方。后来，我才知道，那个地方属于宁夏，背靠的山叫贺兰山，远远的河就是黄河。

这些都是很远的事儿了，远得像雪山上长出的云。

我是多大学会包粽子的，已经不记得了。自己成家后，每次都要泡五斤江米，除了红枣，还放过绿豆和花生。后来，流行包咸肉或鸭蛋黄的粽子。认准我们的北方胃，吃不惯长江南边儿的味儿，也不做徒劳的尝试。

五斤米，大概可以包100个粽子，10个一组分装到食品袋里。往妈妈家、婆婆家、二姨家、三姨家、三楼韩姐家、二楼荆姐家送，剩下的吃不了几个就都放到了冰箱里，慢慢压到最底层。

包完粽子，小手指上留下的深红勒痕要三五天才退，酸疼的后背也得两三天才能缓过来。

五月初五的清晨，打开门，门框上会有两捆艾蒿。拴红绳的，是妈妈采的；挂香囊的，是三楼韩姐买的。我把香囊取下，挂在女儿的床头，直到第二年的端午，再用新的换下来。

来了北京，我再没包过粽子，小手指上也再没出现过深红的勒痕。新鲜的粽子，无法带着温度快递到故乡的家里。五月五的清晨，就算把家门开烂，也不会有一根艾蒿轻抚我的门。

孩子们很难再见浮着白白米浆的大盆，再不能把灶台的光摇曳成满满粽香的梦。

传统，要不要沿袭？风俗，要不要承继？这似乎真成了一个问题。

如果有一天，孩子们说出，中国的传统食物是“肯德基”；又或者“粽子”哪一天也被韩国申请了专利。我们，还拿什么捆绑“华夏”的记忆？

风，从敞开的窗流淌进来，一直流进了心底。窗外，是一场端阳的新绿。

为夏天饯行

酷热，几乎是北京夏天的唯一标签。与夏天的纠结，像一场旷日持久的战斗，推拉撕扯，心烦意乱。

1

初伏的10天，温度几乎保持在37℃以上，干燥、闷热，地表悬浮着层雾一样的热气。在太阳地儿站不到两分钟，所有的毛孔都会渗出层汗珠；超过5分钟，皮肤就像烧着了一样痛。

进入二伏，天地罩上了巨大的蒸盖，下面是不停熄的地火，从早到晚头发都是湿的，手巴掌按到脖子上，再抬起来，每次都能拉出丝儿。老天似乎为了凑数，给中伏又延了10天，立秋之后，早晚窗外涌进的热浪中夹杂了丝丝的凉意，可蓝天还像泥沙里的金子一样少得可怜。

出三伏两天了，威猛的热气迟迟不想离去，把和了灰粉的雾气漫飞了整个大气层。

昨天几乎下了一夜的闷雨，心都透不过气。

原来计划好的假期出行，被阴云一直往后推着，走也不是，不走也不是。

七点一过，远远的西山上，密云缝里透出几条掺了明绿的蓝，希望一下子被点燃了。八点半，带着老妈和女儿，开着车大包小裹地向着大山进发了。

2

女儿在后座，蒙头睡了，老妈在副驾驶，一会儿递面包，一会儿塞纸巾。

“妈！妈！快看，这天多美，快照一张！”

“妈！你看左边的天更蓝，快看！”

新雨洗过的山绵延成少女柔美的手臂，我像没见过世面的孩子，不知收敛地欢呼、大叫。

爱山，是心底的声音，许多年了。女儿不只一次地问过我：更爱海还是更爱山。我的回答是：山。因为，山是可以投奔，可以拥抱的。

京承高速跑了二十多公里，导航就引导着从宽沟收费站下了线，过了三叉路口，就进入了“爱丽丝的魔幻世界”，双向路被两侧合抱的树荫遮蔽了，明黄、玫红、亮紫的雏菊在阳光下跳动着光，偶尔经过的风让花瓣舞蹈起来，抖动着新雨的香，一直飘落到心底。

尽量放慢车速，不想错过童话里每一处细节。

再往前，又是另一片天地，依山的路蜿蜒崎岖。似乎每一个转弯都隐藏着一个希望，峰回路转都能开阔出又一个欣喜。偶尔的一段直路，就肆意地把目光放出去，飞落到左边、右边；山上、树上；草里、土里。大山呈现着绿色的百种层次，千样情怀；草里有惊鸟、雀起；土里有锈红、银白、旧黄、赭绿……

过了“一渡河”，水声直冲进了耳朵，寻声望去，远远那片闪着粼光、倒着树影的幽绿，就是水的身姿了。

南山也有“十渡”，没推敲过这个“渡”是动词还是形容词，可水在这里被分层泄瀑，隔着坝，一边是静成冰的玉，一边是冲成帘的幕。除了屏息，除了静默，真不知该把心放到哪里。

3

过了水坝，登上高台，我们来到长城的脚下。六百多年的明长城经过几次修缮，整齐得没有一处残缺，干净得没有一片纸屑。天蓝得晃眼，太阳的强光毫无阻拦地照着我们仨，抬腿迈出的每一步都很吃力。

怕老妈腿力不支，爬了个可见的半坡，就不敢再上了。告诉老妈走累了，原地歇歇。躲在石垛的阴凉处，席地而坐。石头是冰凉的，这么毒的太阳也没把它烤暖，突然心里空了，不知整个身体是往下坠，还是往上升，什么声音也听不到，什么味道也闻不到。

不知过了多久，隐约听见老妈喊：“地上凉，别坐太久了。”

上次爬长城时，我三岁半，除了冷和累，就只有两张黑白照片。长城的宏伟和壮大是我一直回避的，也许是青石下成堆的白骨抽空了我所有能够感知的神经末梢。

4

进山时，就在心里选了个吃午饭的地方，三叉小路口，带棚的几张桌正搭在水面上。

一个扎围裙的男人，匆匆给我们点了菜，就腼腆地走了。

来上菜的是一个黑胖、高个儿、大眼睛的中年男人，他刚才来过，建议把烤鱼的辣度分成两半，他的眼神比围裙男多了太多的自信。

“您是老板吧?”

“应该算是。”笑弯的大眼睛里闪着点点亮光。

“今儿的天可真好呀！这么蓝的天儿，你们这儿常有吧?”

“我们这儿呀！基本都是这天儿，就是下雨，一片云过去，天儿还是蓝的。”他的眼神还停在刚上来的烤鱼身上。

我眼里“惊艳”的蓝天，在他眼里平常得像亲手烤的红鳟鱼。

“你们在这儿生活太幸福了。”虽然没有镜子，可我知道自己眼睛里全是艳羡。

“我都在这儿憋死了，自己的生意又不能不管。”

我一时语塞，不知如何接话，转头看不远处的水，窄窄的水帘棱上，有三个只穿着短裤的小男孩儿，黑黑的脊背在阳光下闪着光……一时，竟看呆了。

等我再转过身，胖老板的背影已经进厨房了。

5

第二次来上菜的是个中年女人，也是黑胖的，脸上有深沟一样的皱纹，白发丝很显眼。向她要了辣椒油，没多久，她竟端来碗滚油飘香的。我谢了又谢，她就堆了一脸羞涩的笑，问还需要什么尽管说。

女人麻利地收拾完旁边那张桌子，端了杯茶坐到离我们不远的摇椅上，面向着光，侧脸变成了幅美丽的剪影。

“大姐，你是这儿的人吗?”

“我是张家口人，嫁到这个村的，当家的就在里面景点上班。”

“你老公就在景区里？那天天上班得多远呀?”

“没多远，我们走路都不当个事儿。”

“天呀！那可老远了，我们刚才就走到长城边，都累坏了，根本没看见水长城是啥样。”

“你们看见大石头了吗？……就是这个……”

女人拿着手机靠近我，一张张滑着相册里的照片，指给我看：水长城里面的大石头什么样，秋天的长城什么样，冬天的雪长城又是什么样儿。

她还告诉我她们这个村叫石湖峪村，左边那个村叫黄花城村，早年给水长城命名的时候，黄花城更有名，就给水长城当了前缀。周围的每一座山，都在许多年前，按树木的数量，平均分给了每户。

“天呀！那你们都是有山头的人，这在过去，你们都是地主呀！”

总觉得，住在高楼上，脚不着地，心里发慌。总记得，海螺命悬一线时，我的眼泪有一半为的是自己没有一寸土地可以埋它。总想着，等坐在摇椅里慢慢变老时，脚底下应该有一片属于自己的树荫。

可面前的这个女人，有自己可种的土地，甚至有自己的山头，却在为护山、种地发愁。

“现在老了，女儿都在城里，这地里的活儿真是干不动了……”

她的叹息把我拉回来。原来，我们就是围城里外的人，只是她的心在城里，我的心在城外。

6

告别大山，上了高速，汇入“比学赶帮超”的车流，路两边也有树，甚至比山里的更高更密，可总让人有种找不到一丝生机之感。机械地调整脚力，机械地观察三只镜子，机械地跟上车流的速度。一会儿，心就麻木了。

离黄岗收费站还有十多公里，车速变成了“挪移”，前方林立的高楼顶上，掺了灰白粉末的蓝天上面还罩着团雾气。

回家上楼，站在窗前，远山还在那里，依然清晰。充好电的身体里跳动着新鲜的氧气，脑海里印着大山的绿意，细胞里喷薄着水流的勇气。

原来，城，就在大山环抱里，只是被贪念的眼睛拉远了距离。

看了朋友圈，才知道，今天是处暑。处暑即出暑，我们是用这样一场心灵的洗礼在为夏天饯行。

北京的秋天

1

女儿高二开学的第一篇语文课文就是老舍的《想北平》，正巧我在读老舍的《离婚》。立秋过后，微信微博热传了好一阵子老舍的《秋天一定要住北平》。老舍是语言的巨人，他生在北平，在这里生活了27年，他用自己的余生一直在怀念北平，北平的叫卖声、老院子、瓜果梨桃，都融入他的血液，思念北平是他最大的快事。

老舍是满族人，我也是，“金姓”就是“爱新觉罗”。北平，也许老早就在我的骨子里。

记得上高中的时候，爸妈带我来北京，住在姑奶家。逛颐和园的时候，隔着垂柳，望着十七孔桥，妈妈说：“你要好好学习，考上北京的大学，将来生活在北京。像你小姑、大姑一样，多好！”终于，我没有好好读书，也没考上北京的大学，但单位重组，鬼使神差般，我们带着女儿来了北京。

刚来北京那会儿，老家来个朋友、亲戚，我们都热情招待，同事笑我们家是“北京办事处”。花点儿钱，我们乐意；带朋友逛景，我们乐意；可我不乐意承认自己不认得道儿。

记得有一次大姐来，让我带她逛街，上了出租车，我就说，去“三里屯 SOHO”。很不耐烦地让大姐别多话。结果，司机把我们拉到了“三里屯售房中心”。

现在还能在地铁里、公交上遇到些操着“浓重”北京腔的外来人，他们或三五成群，或带着老家来的人，他们从心底畏惧别人目光中的“惊异”。其实，他们不知道别人的目光只是因为他们在“北京话”和“老家话”中间毫无停顿的跳跃。

其实，现在的北京人又有多少不是外来户？2016 年，北京常住人口有 2170 万人，有户口的只有 1257 万人，而这些有户口的，大概一半以上也是外来的吧。

2

我们这一代人，是听着《我爱北京天安门》长大的，北京有天安门，天安门就是北京。

每次送老公出差去北京站，我都有种顺道去看看天安门的冲动。每次经过我都会热血沸腾、心潮澎湃；每次离开，都会留下无数次的回望。可女儿没有，天安门没有打动她的理由，我知道，她也爱北京，可她爱的是生活、学习、老师、同学，她对北京的爱是糖化到了水里，无影无形。

读老舍的《秋天一定要住北平》感动了许多次，单开头的一句“北平之秋便是天堂”就足以让人感动。更思眷他的是水果若干，西山红叶，各色霞帔，北海荷香。他的“香艳的”北平是由果香、花香、肉香汇成的，是真实有感的。

北平是一种热望，在老舍的血脉中流淌，涓涓的，绵绵的。

原来，很喜欢北平的“平”字，觉得它包含了宁静、平和，动中有静。现在的北京已不是老舍笔下的样子，少有小院，罕见挂藤的扁豆。单我们小区，物业经理就傲骄地说住着21个国家的人。傍晚在院里散步，常见穿着穆斯林服装的女人，不知哪个影子一闪，风就吹来听不懂的异国话。

“京”就是博大而包容的，北京用她的广博包容着来自四面八方的人种和文化。今天的北京是北京人的北京，是中国的北京，更是世界的北京。

3

老公总是问，等我们老了，落叶在哪里？我和他都是没有故乡的人，扪心想想，真不知把自己这副骨骼埋在哪里。

于心，我爱北京。垂柳吐黄的时候，我就欣喜；桃花泛红的时候，我便徜徉；玉兰映墙的时候，我自神伤；梧桐蓬勃的时候，我当展望；荷叶卷黄的时候，我独垂泪；银杏漫天的时候，我又开始希望。只想这样，和启明星一起醒来，和霓虹一同点亮，和细雨一窗欢歌，和轻风一路游荡。只愿把心迷失在这儿——老舍的红色“天堂”。

有首歌《北京，北京》让我念念不忘：“我在这里寻找，也在这儿失去。”

也许，我的答案就在这里。雾霾也罢，拥堵也罢，爱这里，就是这里。

最美的沧桑

晚秋又重阳，吹落一地花黄。
梦里相遇皓首，醒来空露成霜。
儿时绕膝欢娱，星星点点依稀，
挥袖二十载，如今拾起，零零落落，支支离离。
难舍！难念！默默语，行行泪，痴痴忆。

——唱给姥姥的挽歌

姥姥，是个典型的山东小脚老太，正直、善良、倔强。

每次想到姥姥，我眼前就会浮现这样几幅画面：

目光慈祥，皮肤白皙，岁月在她脸上深深浅浅地刻满皱纹；

个子不高，佝偻着背，弯曲着腿，嗓门儿极大，语气坚定；

没读过书，不会写自己的名字，却常常妙语连珠，偶尔冒出些警句箴言；

一生漂泊，一世留憾，自嘲一辈子没有“自己的家”——在她眼里，女儿的家是别人的，没有为自己遮风挡雨的屋檐；

拄着龙头拐棍，踟躇着三寸金莲，却依旧步履轻盈地行走于南北西东四个女儿之间；

…………

一晃，姥姥去世已经20年了，关于她的故事似乎只是些片断的记忆。

光绪二十九年（1903年），姥姥出生于山东栖霞蒙各庄的一个普通人家。

姥姥6岁时开始裹足，有着一双标准的三寸金莲。她的整个脚呈菱角锥形，四个小脚趾顺着裹到一起，被挤压在脚掌下面，大脚趾尖尖的，格外突出，脚掌上弓，形成一条深沟。正是这双小脚，让她找到了一个如意郎君；也是这双小脚，让她一辈子都不曾感受急步和快跑的畅快淋漓。记得每次给姥姥洗脚，我都轻轻地把手指插在她脚心的深沟里，来回搓泥儿，姥姥只是开心地笑，并不阻拦。笑罢就给我讲那些怎么也讲不完的传奇故事。

姥姥19岁嫁给在外学生意、小她两岁的姥爷。他们是媒妁之姻，结婚前都不曾谋面，只是长辈们互换庚帖，合了八字，再选个吉日，就拜堂成亲了。可姥姥信服于这样的婚姻，她觉得她很幸运，因为姥爷是个好人，用特有的含蓄爱了她一辈子。

“我是被你姥爷家用八人抬的大花轿迎进门的。”每每说到这儿，姥姥那自豪而神圣的表情是无以复加的。

新婚不久，姥爷又北上了，他得谋生活，他得为了这个家攒到更多的钱。姥爷那时在哈尔滨一个做皮毛生意的店里当伙计，因为性格开朗，勤学肯干，样子也帅气，深得掌柜的喜爱，很快便当上了小经理，可以三年回一次家。姥姥一个人在家照顾两家老人，用她的小脚支撑着两个大家。

1942 年，姥姥第一次离开故乡，随姥爷去了黑龙江。在那儿，经历了中华人民共和国成立前最苦难的岁月，日本人进村，姥姥被抓去给日本人做饭，因为她的机智才得以生还。

1948 年 5 月，姥爷和另一个学徒去长春进货，正赶上解放军攻打长春，被困在了围城里。100 多天的生死未卜，100 多天的胆战心惊。姥姥就靠一个信念支持着："他一定能回来，他不会就这样抛下我们母女的。"

当姥爷皮包骨地出现在家门口，他那双饥饿的呆滞的突出的大眼睛吓坏了全家人，可姥姥却清醒地把大米熬煮成稀饭，一天五顿，一勺勺地喂给他吃——这样姥爷才没有像许多逃出围城的人那样，死在了一顿饱饭里。调养姥爷的身体花光了家里所有的积蓄，姥姥毅然地变卖了家里包括首饰古董等所有值钱的东西。姥姥又一次用她的镇定和胸怀换回了她男人的命。

44 岁那年生下我妈妈，姥姥一生生个男丁的梦想就此破灭了。

1968 年秋，为了照顾二姨的儿子，姥姥姥爷举家迁往宁夏。第二年冬，姥爷因肺心病病发，故于宁夏，葬在贺兰山脚下。此后，姥姥就在散布黑龙江、宁夏、辽宁的四个女儿的家庭之间奔波，继续承担照顾第三代的义务。

我在姥姥身边，加在一块儿也就不到五年，但她给我的教益是潜移默化的，到现在她脱口而出的言语依旧堪为经典：

“宁给英雄牵马坠镫，不给狗熊当祖宗”；

“笑话人，不如人，追着撵着赶上人”；

“吃不穷，穿不穷，算计不到才受穷”；

…………

为尽一个母亲、一个长辈的本分，本来瘦小孱弱的姥姥耗尽了最后一滴灯油；为了生存追随丈夫、女儿几经迁徙，渴望叶落归根的她最终还是长眠于异乡。

姥姥在她89岁时去世了，是在黑龙江的大姨家。那年我上高二，知道消息的那天，我倚在走廊的窗台边，禁不住默默流泪。隔壁班的男孩，隔着走廊轻轻唱起那首《会哭的人不一定流眼泪》。那是1990年的夏天。

1993年清明前，妈妈、爸爸、三姨分别把姥爷、姥姥的骨灰从宁夏、黑龙江迁出，合葬在辽宁。他们终没能回老家，而是留在了三个女儿的身边。他们入葬时，我在沈阳上大学。次年的清明，我去为他们扫墓，在墓碑上，才知道姥姥的名字——宋美珍。

后来，几次在梦里与姥姥相见。一次是她清晰地告诉我，她要投胎去了，今生做个男孩，就在那一年的元旦，距大姨家南面10公里的一家。前几天，又在梦里与她相见，她告诉我，她并不曾离去，只是躲到了一个表姨的家里，至于为什么？她没有说……每次的梦境都很清晰，她说出来的话也都很有逻辑，就像那乌鸡国王与唐三藏梦中相会，只是醒来时，我的手中不曾有那作为凭证的“金厢白玉圭”。即使醒来，仿佛感觉她仍旧还在我的耳边慢声低语，仍旧还在讲那怎么讲也讲不完的经历，仍旧还在编一个又一个复杂到神奇的中国结。我知道“托梦”是一种迷信，但我坚信那是生命中一种美好的正能量。

又是一年重阳日，让我更加想念她——我的亲人，给妈妈以生命的人。是她把自己不曾总结过的高尚人格教给了我，每当我遭遇艰难困苦时，就会想起她，就会全身充满力量。

姥姥，是你让我懂得沧桑、直面沧桑、渴望沧桑。因为，你是我心中最美的沧桑！

记忆的味道

法国小说《伊斯坦布尔假期》中有这样一句话让我怦然心动："嗅觉的记忆是永远不会褪色的，我们爱过的那些面容可能会随着时光的流逝逐渐淡去，他们的声音我们也可能忘记，但是气味却永远不会被遗忘。"

德国小说《香水》里也有句类似的话："他从诞生时起，就把曾经闻到的一切气味的轮廓都埋在心里。"

原来，每个人都有对味道的特殊认知和记忆，美的、丑的，幸福的、不堪的，恬淡悠然的、钻心刺骨的——

春天的味道

宁夏平原被三大沙漠包裹，贺兰山和六盘山是阻隔沙暴的两大屏障。贺兰山与黄河交汇处山石突出如嘴，当地就以"石嘴山"命名，我就在那里出生、长大的。

山，始终在我的视野里，铁青青、灰棱棱的，山石倔强挺拔，上面几乎没有一棵树，不记得她有多美，可她，就是故乡。以后无论在哪儿，看见山，都觉得安稳、踏实。

每年春天，学校都组织我们步行去贺兰山郊游。进山的路只有一条，直直通向那个大缺口。一路上都是碎石子，还常有马蛇子出没。每次与马蛇遭遇，我都拼命地跺脚、拍打裤腿，怕它爬到身上或钻进书包里。总觉得马蛇身上有种奇怪的土腥味，冰凉黏腻，让人反胃。

路的尽头有个庙，当地人叫“武大庙”，里面着实有几个束发戴冠的青衣道人，套着白色护腿走起路来带着风。后来，长大了，识了字，才知道那是“武当庙”，至于归属哪个派，怕是听过也不记得了。

武当庙后有个小洼地，名叫“鬼子沟”，一条小溪蜿蜒而行，流水细得可怜，却把一路的石子磨得光滑可人。我每次都会在水边蹲上好久，仔细地抚摸一粒粒光滑的石子，不舍得把它们带回家，又不舍得把它们放下。喝没喝过那溪水，已经不记得了，可溪水清冽冽、甜丝丝的味道却一直萦绕在心里。

秃秃的山崖上偶尔会有几个很醒目的红色，那不是花，是一种接近橘红色的酸枣。回家的路上，酸枣连着枝儿已经在几个男孩手中荡来晃去，走在他们身后，风把一种忽隐忽现的酸味儿送进鼻子。

鼻子里是酸的，眼睛里是酸的，心里也是酸的。不是心疼自己没吃到酸枣，也不是心疼酸枣离开了树，我心疼的是贺兰山。

要等到什么时候？贺兰山才能一山繁花，满目葱茏?!

夏天的味道

兴城是一座古城，标准的四方城，十字街，四个城门，中间鼓楼，南街上有两个牌楼，东门外还有半个瓮城。电影《三进山城》就是在这儿拍的。

爷爷奶奶家就在兴城古城里的北一街。我和小弟每年暑假都要在那儿待上好长一段时间。除了吃饭、睡觉，我们可以在院子里尽情地疯跑，奶奶走进走出，从不唠叨我们半句。

午饭后，奶奶就把两只大号的铝盆搬到水井旁，我和小弟争抢着去压水井，压水手柄那卷了边的绿漆不但扎手，一不小心还会划破手掌。加上一瓢水当引水，要一下下有节奏地压，一会儿冰凉的井水就流出来了，凉冰冰、甜丝丝的。

压好的两大盆水，一盆用来冰西瓜、冰汽水，一盆就放在院子当中晒，晒热了，晚上用来洗澡。井水冰过的西瓜又脆又甜，汽水瓶里长满泡泡；晒过的水暖暖的，里面全是太阳的味道。

屋檐下做窝的老燕飞回来了，小燕鹅黄的小嘴儿叽叽喳喳镶了窝沿半圈，满院的向日葵都把头转向了西边。奶奶从柴火堆上扒拉下一大把高粱秆，在抬起的膝盖上撅折了，转身就往屋里走。我拎着小板凳，跟在后面。

拉风箱，是我最喜欢的“游戏”，在小板凳上坐稳了，两手一上一下用力抓好风箱的木把手，认真地拉出来、推进去，拉出来、再推进去，风箱呼啦呼啦地唱起歌来，橙色的火苗从炉膛里一下一下探出头来。

奶奶总是说：“好孙女，出去玩吧！屋里灰大，奶奶自己行呀！”

我不走，只是笑。歪头看着奶奶，她的脸上满是皱纹，嘴唇上也是，两只手上都是褶子，褶子缝里尽是黑色，炉火一明一暗映着她的脸，红红的，很美。

烧秸秆的焦煳味和着菜香散了满满一屋子，那味道是香的，甜的。

童年就被定格在那个夏日傍晚，秸秆的烟火味道里。

后来，爷爷奶奶年纪大了，古城里生活不方便，就用卖祖屋的钱在城外买了楼房。

爷爷 90 岁大寿那年，我回了趟老家，宴席过后，离回京的火车还有一段时间，我对小弟说，想进城去看看老屋。走进巷口，焦煳的秸秆味就从记忆里飘出来，牵着我走向那扇门。木门已经开裂，铁环早已锈迹斑斑，很想轻叩门环，却怕惊扰了院里的童年。

转身时，泪已如雨，脚步沉在回忆里，拔也拔不出来。

秋天的味道

秋天，还没到。小弟就早早把储备好的火柴藏到了学校后面黄土丘的一棵枯树洞里。那棵枯树，是我们俩的秘密根据地。

青麦粒，在嘴里嚼了许多天，把甜香的清汁一股股吞到肚子里，用力嚼剩下的颗粒，就能嚼出“口香糖”，弄好了还能吹出泡泡。

麦子，还没熟。

小弟总能逮到些田鼠，撕了皮，去了肚子，只剩下脊背和四肢。那些过程，我都不敢看。我的任务是点火，把小弟收来的干草枯树杈隔开空隙，堆成小包，用火柴点着张纸塞进空里，用力吹，火着了，一点点旺起来。小弟把串好的田鼠架在火上烤，那味道香极了。逮不到田鼠的时候，我们也烤过麻雀、小土豆。每种味道都不同，却一样的香甜。

麦子，终于熟了。

一刻刻地等到大人们都收割完，我们只捡留在田埂上、垄沟里横七竖八的麦穗，攒够一堆儿就往火里一丢，不一会儿，香味就出来了，我们快速把火弄灭，扒拉出黑色的颗粒。

去壳，小弟有妙招。胡乱地抓起一大把，就往裤兜里塞，用手在裤兜外面搓，一边笑，一边搓，一边蹦跶，一边还喊着“烫”。搓好了，捧回手里的还是一大把，顺着风吹去壳和黑灰儿，只剩下焦黄的麦粒，在夕阳下闪着光。小弟总是将第一把倒到我的手心里，我就用舌尖沾起一粒、两粒，细细地嚼，满嘴都是香的，那是天底下最香的东西。小弟的第二把，一股脑都倒进嘴里，三两下就没了，我再把手里攥着的分给他。

秋天放学，我们总是很晚回家，嘴巴也总是黑的。

冬天的味道

冬天的早饭，基本上都是个大馒头。出门前，妈妈才把馒头从热腾腾的锅里拿出来，用刀在中间划个大口子，在里面涂上层厚厚的辣椒油。我和小弟就一人一个，拿着上学去了。一路上边走边吃，没到学校就全都进肚了。心里、嘴里都辣得热乎乎的，再冷的天也不怕。

极特殊的时候，妈妈会带我们去喝羊杂汤。羊汤铺子都搭着简易棚，用的是旧雨衣那种军绿色的油布。推开门帘，里面是一片白色的水蒸气，什么也看不见。油布味、羊膻味、煤炭味混杂在一起，说不出的诱人。

一大碗热腾腾、奶白色的羊杂汤端上来，上面还浮着层亮闪闪的油花。倒上醋，再舀上一大勺辣子，第一口，一定会烫到舌头；第二口，就长了记性，把嘴噘成小圈，轻轻地往里吸溜。半碗汤下肚，鼻尖就冒出汗珠来，等汤见底，才舍得一片片儿细细地吃碗底的羊杂货。那时，我最爱吃的是羊肠，块大，有嚼劲儿，关键是里面还有层白膜，一咬一滋油。其他的羊脸、羊肝、羊肺，片儿都极薄，筷子夹起来能透亮。最后一片儿，无论是什么都会嚼很久，嚼一会儿，含一会儿，一点味儿都没有了，才舍得咽下去。

很费力地推开门帘，嘴唇一下就被冷风凝住了，像长出层厚厚的壳儿。

浓浓的羊膻味，厚厚的辣子，就是童年冬天的味道。

味道，被封印在记忆里，和童年、和故乡一起。触碰时，总有千种幸福，百样惆怅。

一所大房子

来北京之前，房子不是个问题，也不在我考虑的范围。123 平方米的大三居，是单位分的，和老房子的差价不过七八万。住了几年，老公提过几次想换个再大点儿的房子，都被我顶回去了。又不是不够用，换个房子多折腾！男人永远也不会明白，搬家就是扒层皮的道理。

陈年的旧物，丢不丢？用惯的柜子，换不换？坐惯的沙发，留不留？

还有，听惯了的楼上大哥们的脚步、大姐们的琴音……门前的晾衣架上，有我学车时剐掉的漆印；草坪上，有女儿喂养小雏鸡吃过的嫩草；年里我们放的烟花，还时不时在夜晚的窗前闪过；小区公园里，有女儿喂过的老猫，长廊花顶上有冬天盘桓的枯蔓、夏天挂香的紫花儿……

房子，对于我，不单是温暖的四墙屋瓦，还有从熟悉的角度观察的日出星替。

刚来北京，过了一整年租房住的日子。前半年租的是“欧陆经典”，一个东北朝向，100 平方米左右的两居。每个卧室都有黑色大理石的超大飘窗，我第一次认识飘窗，也是第一次住那么高的楼。每天都会抽空盘腿坐到飘窗上，看移动的人点儿、满院的树花、浮走的云纱；风把树叶的歌声、地铁 5 号线上岸的闷声、387 进站的喊声送进来。

尽管，这房子每个月要花掉 4000 多块钱的租金；尽管，入住之前我花了一周的时间打扫。洗过的白色落地窗帘散发着幽香，用软布凉席给布沙发缝的罩十分妥帖，厨房窗外掏干净树杈的漏雨管，打过蜡的地板反着光，用消毒液擦洗的瓷砖锃亮。

恍惚觉得，这个家就是我的，这就是我想要的——北京幸福。

半年后，外甥女要来实习，女儿学习不能打扰。必须在不增加成本的基础上，换个三居。老公在离单位不远的“安慧里”找到了这样的房子。面积虽不足 90 平方米，最小的卧室只能摆下一张单人床，却实现了三居。

油烟机我用了 8 个小时才擦出本来的橘黄色；把卧室的墙恢复到原来的玫粉色，我用消毒水擦了一天半；搬家，用了 22 天。我像只负重的蚂蚁，一箱箱装，一车车拉，再一件件就位。

这个，我在北京的第二个“家”，唯一能安放灵魂的，是阳台内墙的红砖。

那个我们精心住了一年、每天细心打扫的“欧陆经典”的房子，退租时，被女房主挑出了 13 处毛病，扣了三百多块钱。老公阻止了我想去理论的想法，委屈变成一颗种子落进了心里。

安慧里的“新家”，毫不通风，我们四个人经受了 2009 年那个最闷热的夏天。

那年初夏，突然接到奶奶去世的噩耗，老公出差了，外甥女回家了，只能把女儿托付给大姑。

奔丧总是一路波折的，回到家，已经是后半夜了，女儿早就睡熟了。

大姑小声说："你闺女可太逗了，跟我说，'原来以为你们北京多好呢！没想到还有这么破的小区，这么破的楼……'"

那一夜，我几乎没睡，奶奶黑紫色的棺椁一直在扎我的心，扎心的还有女儿那句从未当我们面儿说的话。

"今年，咱们一定要买房，无论贷多少钱，都买！我再也不想住这儿了，再也不要租房子住了。"这话，是我咬着牙、噙着泪对老公说的。咸涩的泪水里装着我这一整年的委屈。

其实，老公一直在看房，休息时间，除了回老家看父母，就是在看房。2008 年，四环里的房子是每平方米 1.2 万元，对我们来说的那个天文数字，到 2009 年，又涨了 5000 元。

买新房，必须卖旧房，可那时，老家的房价正在下滑，没怎么犹豫就卖了。48 万元，买北京房子的四分之一都不够。

当时我们看的都是旧房，都是塔楼。那一年，终于明白，以前南北通透的大板楼有多好。

五六十套房子看下来，老公总结出一个道理："旧房子都有毛病，要想满意，只能买新的。"

签合同那天，手是抖的，心里的喜悦远没有担忧多。100 多万元的贷款，要还 20 年。这就意味着，以后 20 年，睁开眼的每一天都欠银行 285 块钱。

装修只用了两个月，必须赶在女儿新学期开始之前搬进新家。

搬家那天，哭没哭已经不记得了。反正，坐在自己家黄色大理石的飘窗上，望着不远处的四环路，心是踏实的。

没过多久，问题又来了。只有两个卧室的新家，父母偶尔来小住，兄弟姐妹、亲戚朋友来办事儿，都没有个落脚的地方。

婆婆早就教育过我们："你们在北京，亲戚朋友去了，千万别怠慢。人心都是肉长的，你们的好，人家会记得；不好，也会记得。"

所以，来北京不久，我就成了全家公认的"北京办事处主任"。

每次家里来人，都是我俩睡沙发，把大卧室让出来，可这样父母总不爱常住。

第四年，终于想出个好办法，打个大大的榻榻米。把大客厅的三分之一隔出来，做了 10 平方米的榻榻米，这回不但被褥、杂物有了藏身地儿，就连我们俩的书也都可以摆出来了，10 平方米的大铺，别说来两三个人，就是四五个也都能躺下。

这样安静地过了两三年。

2015 年年底，中介公司的电话来得有点儿频繁，一打听才知道，房价涨得厉害，原来189万元买的房子，已经涨到了700多万元。

老公的心开始活动了，“媳妇，要不咱把房子卖了呗？再换一个大点儿的房子……”

“坚决不行，咱的房子是用来住的，又不用来炒的，涨不涨的，跟咱都没关系，只要不离开北京，这房就不能卖！”

2017年，我家的房价涨到了将近1000万元，老公又坐不住了。

“闺女马上高考了，我可没这心思，别打房子的主意。”

说归说，心还是挺激动，1000万元，毕竟太诱人了。

想起，当年，在办公室，小鸥说：“等我中了500万元，就跑！”

晓梅说：“你往哪跑，500万元够你跑到哪儿去？”

看表情，晓梅心里一定还有一句话没说，“看你那没见过世面的样子。”

听说，晓梅的父母早就在北京买了房子，好像就在四环边上。

早就听人说：“不到北京，不知道官小；不到北京，不知道钱少。”

1000万元，那是多么大的一笔钱？！听说那些逃离北上广的人里，有不少就是卖了房子，去江南开个客栈、经营个小店，真正过上了“把酒话桑麻”的日子。单是想想，都觉得飘飘欲仙。

2018 年的春天，老公总能找出机会“带我看花”，平谷、顺义、怀柔、八达岭；近的也在六环外，每次他都能成功地“路过”一个什么楼盘，一个现成的样板间，我也都半推半就走马观花地看。夫妻之道，求同存异呗。

老公见迂回不起作用，就开始了攻心，“媳妇，咱们必须得提前考虑养老问题，你看等咱老了，什么最重要，那就是身体，城里的雾霾多严重呀，咱到郊区去，空气好不说，还能看见山，多好呀，你不是最喜欢山了吗？还能有自己的院子，那才叫‘采菊东篱下，悠然见南山’呢！”

这个“地”，戳中了我，想起养海螺那年。海螺到家没多久，就生了场病，打了半个月的针，也不见起色，一天回家，见它浑身瘫软，嘴角、尾巴全是血，手托着它软泥一样的身体，就只是哭，哭它可怜的小生命，哭我自己竟没有一寸可以埋它的土地。虽然，后来，海螺奇迹般地痊愈了，可那时的痛却一直在心里。

有个属于自己的院子，脚踩踏实的地，头顶畅快的天，那是种怎样的逍遥随意呀！

“要换就换别墅，楼，我是不换的。”

“就按媳妇说的办！”

于是，我们开始了有计划的“看房之旅”。那段时间，我俩整天都是笑盈盈的，心里充满了对未来美好生活的向往。看到个相对可心的，回来就睡不着觉了，计划着在这个地方摆点儿啥，那个地方添点儿啥。

一定要在屋前种竹子，实现“屋前有竹，屋后有树”，把长成的竹子做成小院的篱笆……要在院中央搭个葡萄架，夏天乘凉，秋天酿酒。让海螺也能像“依奴”那样（依奴，是我小时候家里养的小狗，爸爸给取的名字。），把喜欢的骨头埋在葡萄架下，等馋了的时候，再刨出来嚼。

“女儿上大学了，这个房子也完成了它的历史使命，我们也该改善一下了，要不这辈子太委屈我媳妇了。”

眼里闪着泪花的老公，怎么看都像衔草筑巢的公麻雀，他的真诚让我感动。

新房子看得差不多，就准备卖旧房子了。

等我们把房子的图片、信息挂到网上，才知道，房价跌了好多，虽然心里也有准备，可 800 多万元的价格一时还是不太能接受。

挂了个 920 万元的参考价。看房的络绎不绝，每个周末都有六七波，工作日也总有两三波。还的价格都不高，有个来了两三趟，年龄跟我相仿的女人还出了 850 万元，被老公一口回绝了。

来看房的人，都很礼貌，在门口边穿鞋套边道“打扰”，进来也都是轻手轻脚，认真听中介的讲解。可能是老公的心里素质好，每次我都很尴尬，不知应该保持一种什么样的表情，也不知应该站在什么位置。总觉得自己也像这房子的一件摆设，等待访客的估价。几次下来，我开始回避这样的处境，抱着海螺下楼遛弯，只等远远地看着中介带着访客出了小区大门，才拐弯抹角地回家。

春节消停了些日子，正月十五一过，客户量又上来了。有对兄妹一连来了两三次，约我们到中介公司见面，想谈谈具体细节。

兄妹俩，三十岁上下的年纪。哥哥一看就像小本生意人，具备所有外来创业者的谦卑和周到。眼睛亮亮的，透着股精明劲儿。

刚一坐稳，妹妹就递给我们两套不知什么时候发行的纪念币，说是作为感谢和留念。

我们没收，谁知道，这纪念币“价值”几何？

谈判在老公和女孩哥哥间热络地进行。我基本没出声。女孩在她哥说到动情处，热泪盈眶了两次。情真意切地表达了对房子的喜爱。哥哥说，他妹来北京许多年了，一直想帮她安个家，可能力有限，看我们能不能把价格再往下低点儿？

老公那颗“玻璃心”一下就被“兄妹情深”打动了，爽快地答应降5万元。

我狠狠地瞪了他一眼，又不好在众人面前驳了他的面子。大家约好第二天（周五）下班后，签合同，交订金。周五中午，接到中介电话，说兄妹俩临时有会，看能不能改到周六签。

没多想，一口答应了。

周六，起了个大早出门，今天必须把要买的房子大概定下来。

看到第四套，心里的别扭劲儿上来了。第五套进门没一会儿，转身就往外走。老公看懂了我的心思，一再和中介抱歉："我媳妇可能不太舒服，要不今天就这样，改天再说，电话联系……"

上了车，老公小心地问："咱还要不要再看看其他的房子?"

我硬声声地回了句，"不看！回家!"就再也不说话了。

京承高速一路向南，路边的干枝树一味地向后倒着。终于，看见四环了，我哇的一声哭了出来。

"给中介打电话，房子不卖了!"

老公沉默了几秒，一字一顿地说："你真的想好了吗?"

"想好了，不卖了!"

"好！我同意!"老公痛快地答应，一下停住了我的抽泣。

"我不是任性，是越看这房子，心里越憋屈。那儿怎么还能算是北京？跟贾家大队差不多，你看周围邻居的眼神像几个月都没见着人似的，你光说房子大了，让父母来住，可父母是想住北京，不是想住农村……住那么远，想看个话剧来回得两小时，哪天，我想天安门了，怎么办?"

"媳妇，我明白，刚才你一吊脸子，我就全明白了，完全同意你的想法!"

后来，才知道，买房的兄妹周五根本没什么会，他们是看老公价让得太痛快，犹豫了。

心里窃喜，是老公的“玻璃心”保住了我们的房子。

总记得，《渔夫和金鱼的故事》里的那个老太婆，她逼着自己的老头子向金鱼公主索求，从一只新木盆、一座木房子，到要做世袭的贵妇人，要做自由自在的女皇，到想做海上的女霸王，让金鱼听她的使唤。最后，金鱼一句话也不说，只是尾巴在水里一划，就游到深深的大海里去了。老太婆又回到了自己的破泥棚，前面还是那只破木盆。

总记得，1971 年钱锺书和杨绛从五七干校回京，没有房子，就住进了社科院文学所的办公室里，白天写作的桌子，晚上打开铺盖就是床。钱锺书就在那里写了《管锥编》，杨绛也是在那里翻译了《堂·吉诃德》。

忽然想明白，有些理想就是用来追逐，而不是用来实现的。像毛驴眼前的青草，只是它前进每一步的动力。

从此，我就把“一所大房子”的理想揣在心里，推动我向前走的每一步。

人到中年　重读三毛

重读三毛，是因为一本《我的姑姑，三毛》的书。三毛的侄女儿陈天慈写的，推荐说这是写三毛最好的一本书。

三毛，少年时抬头可见的一片蓝天，那里无风无雨，挂着条叫作“爱”的彩虹。

1991 年 1 月 4 日，三毛走了，还在读高中的我，怎么也想不明白，那是怎样的一种决绝，怎样的一种痛。

1

三十年过去了，人到中年，看多了生死，每每想起三毛，心里还有隐隐的痛。

蔷薇怒放的时候，开始读这本怀念三毛的书，读得断断续续，总要时不时地停下来，掀开许多挂满记忆的蛛网，在现实和怀念中腾挪心力。

第一章——“我们怀念你”，写了三毛在家人心中的印象，三毛走的那天全家人的悲痛，读得心里一阵阵发紧，汗毛一根根竖立。

右手举着书，左手在眼角、眉骨间按压着，缓解酸涩，最后落到了耳蜗里的一个硬结。那是个酒刺，长了很长时间，用力抠下去，指甲盖里夹着米粒大小的硬粒，再用力，又挤出来一粒，摆在指尖，放在灯下，像两颗“米白”色的小石子，再抠，还有碎不成形的，用棉签蘸了，并没有血迹。原来那酒刺早已成熟，只等一个痛点，把它揭开。

书中有这样一段话，三毛的父亲在接受采访时说：“三毛只是从人生的火车上提早下车，每个人有每个人的终点站。旅途中相伴一场是缘分，是遇见，是给彼此交集的机会，分开后想起的悸动，是只有你和她才懂的心理交流。”

白发人送黑发人，应该比锥心还痛，日子比煎熬还难。老父亲平静地怀念女儿，心里的翻江倒海，早已平静了。

2

这本书，越读心越累，会时不时地深吸一口气，再慢慢地吐出来。

作者去了西班牙，见了荷西的家人，她说：“分不清是四十年后的相遇还是重逢，总之都是梦想成真的感动。”

相遇、重逢，多简单的四个字，却隔着万水千山，隔着生死界河。

作者与三毛的朋友南施见面，读三毛写的信。南施送别时说：“这里也是我和你小姑最后道别的地方。她说回去后不知道何时会再见面，没想到那一别，却再也不见。”

再见，应该是这世上最温暖的话，意味着相遇有期。

而永别，要藏下多少怀念的伤，得用多少时间和泪水才能填平？

作者又去了拉斯帕耳马斯，荷西走后，三毛一个人回到了这里，独居了几年。她的朋友说，“有一次她一个人在海边的人行道上走着，有朋友叫她也没听见。此后，朋友再看到她也不会主动喊，也许她在和荷西对话吧……”

寂寞和孤独不同。寂寞是自己选的，安静或独处，遐想或思考，都是主动而自由的。而孤独是岁月和伤痛给的，只能默默吞咽。

想起那个送我去机场的出租车司机。

三月的一个清晨，5 点多的北京，司机是个花白平头，问了句，“按导航走吗？”就不再说话。机场高速路两边，黄色的夜灯，像两排展开的省略号，没头没尾地无限倒退着。

车里没有音乐，也没开广播，只有海浪一样单调的车轮声一路跟着。时不时地，有虫叫声儿传入耳膜，起初以为是野地里的。可那声音很有节奏，还越来越清晰。

“师傅，是你养的虫吗？蝈蝈，还是蛐蛐？”

“知了！”

“是为了去斗吗？”

“就为了听个声儿，蝈蝈和蛐蛐儿叫声都太吵。”

心底一颤，这是怎样的一种孤独的陪伴？

“养几年了？”

隔了好一会儿，司机说：“就喂它苹果，一个苹果吃不完，到了冬天，就该死了。”忽然想起孔子说的“三季人”，快被自己傻哭了。真心感谢司机师傅的涵养跟包容。

“您是专跑夜车吗？”

“不，我就是岁数大了，起的早，三四点出来，下午三四点就收了。”

“一个月能挣七八千吧！”

“没有那么多，三四千，能养活自己就够了。”

他始终没有回头，后视镜里也看不见他的眼睛。前面的路一直延伸着，像是没有尽头。

3

书中说，三毛曾在《逍遥七岛游》里写道：“如有一日，能够选择一个终老的故乡，拉芭玛将是我考虑的一个好地方。”

选择在哪儿老去，是这几年我跟老公研究最多的问题。年轻时，我们想的是：生活在哪儿，更有利于孩子的成长；现在我们想：什么地方，能安放我们逐渐老去的灵魂。

山底的一个院子，还是向海的一扇天窗，一直犹豫，一直举棋不定。现在想想，也许是因为我们还没遇见那个“一见钟情”的地方。

最后，荷西被埋在了这个岛上。作者渐渐走近荷西墓，知道读到这一段会哭，做好心理准备，可读到，一个厚笔记本上荷西和三毛故友的一句留言——“三毛，我们替你来看荷西了，这一路上问了很多人，很喜欢你们的那片海。”——眼泪一下就滚了下来，流满了全脸。

荷西墓上有一组数字（1951～1979），看着，发了好一会儿呆，一时算不明白，“7－5”应该是2还是3？心里真的很不愿意承认这个大男孩儿只活了 28 年，他似乎就是上帝派来的天使，爱了一回大海，爱了一回三毛，就被上帝匆匆带走了。也许，上帝是想，把他那张英俊的脸、孩子一样清澈的眼睛，定格在时间里，让爱永远年轻。

荷西的墓下面还有一个螺状的贝壳雕刻。象征着荷西从海底呼唤三毛，表达爱意。也许就是这个贝壳一直在呼唤三毛，12 年后，三毛走了，去找她的荷西了。

早起，就一直下着淅淅沥沥的小雨，斜歪在飘窗的躺椅上，凉凉的水汽从侧开的窗缝淌进来，还夹着飞沫似的雨滴。

三毛的故事，像月光一样在文字间静静地流淌。傍晚，吃了自己煮的乌冬面，拌了年轻时最爱吃的西红柿炒蛋。再回到窗前，云，压暗了天色，城市被重重的雾气混为一体。

许多年前，似乎也是这样的夜晚，也是一个人坐在窗前，捧着那本《撒哈拉的故事》，故事那么长，能装满整个夜，装满整个的青春过往。

合上书，已是凌晨。雨，不知什么时候停了。天，依旧阴沉沉的，看不见以墨为底的浮云。

4

少年时，读的三毛作品早已散落了，后来有了自己的小家，有了书柜，买了全套的三毛作品集，和张爱玲的、亦舒的摆在一起，算是心灵的一片圣地。

重新翻出，用我不再年轻的心重新读。里面的这么多场景都是熟悉的，铺在眼前，又似乎都是新的。

《撒哈拉的故事》里，最让我念念不忘的是三个人：《娃娃新娘》里的姑卡、《爱的寻找》里的沙仑、还有那个《哑奴》。

姑卡，是个撒哈拉小女孩，她只有十岁，或者还不到十岁，就被父亲指婚给一个年轻人。筹备婚礼，下聘礼，三毛见证了整个过程。

婚礼按当地的习俗，要庆祝六天，每天唱歌击鼓到半夜。姑卡照例被隔离在光线昏暗、空气混浊的小房间里，除了新郎，不能见其他人。5 天下来，姑卡胖胖的脸，瘦得眼眶都陷下去了。

常听家里的长辈说："日子，就是这样过的，多少人，多少辈人，都是这么过来的……"似乎，多少辈人传下来的就一定是真理，就得用你鲜活的生命去重蹈覆辙。

面对习俗，三毛无能为力，她能做的只是给"被囚禁"的姑卡送点儿吃的，给她点儿不生孩子的药，剩下就只有安慰："现在可以睡下了，婚礼已经过去了。"

许多人，我们救不了；许多事，我们也无法改变。但这并不影响我们心痛，阻止不了我们呐喊。因为我们知道，只要喊过，就会有回响。

5

沙仑，是个普通的撒哈拉威青年，他木讷老实，没有朋友，却做了件极其大胆的事儿——将父亲临死前留给他的全部财产——30 多万西币——作为聘礼，给了个在阿尔及利亚认识的女人——沙伊达，而那个女人根本就没跟他回来。

一无所有的沙仑，就那么傻傻地、苦苦地等着那个根本就等不来的妻子，他心中的女神。

沙仑把自己的秘密告诉了三毛，并请三毛给他的妻子写信。收到的答复是：再寄十万元来，就买机票来到你身边，再也不分离……听见沙伊达说她肯来时，沙仑的眼光“如同在做梦一般的幸福”。接下来的半个月，他很快速地憔悴下来，人瘦了很多，眼睛布满血丝，头发又乱又脏，可“说话时对生命充满了盼望”。

后来，沙仑偷了哥哥店里和面包店里的钱，跑了。

三毛说：“飞蛾扑火时，一定是极快乐幸福的。”

年轻时读这个故事，心里总有个悬念：沙仑最后怎么样了？找到他的沙伊达没？

现在才明白，这个故事有结局，“飞蛾扑火”就是。

闭上眼，沙仑那布满血丝的眼睛、那双烫烂了的手、瘦得像鬼一样的脸，就会出现在眼前。

三毛的话是惊人的，“他不肯自救，谁能救他呢？”生活中，不乏“救世主”，总觉得自己有拯救别人的使命。可他们忘了，不自知或装作不自知，也许就是一种幸福。他们都藏身于逃避现实的壳里，自得其乐。你非要把他拉出来，让他软弱如肠衣的身体暴露于外，是一种拯救，还是一种伤害？

也许，人生最大的悲悯就是，“看破，不说破”吧！

6

哑奴，是三毛故事里最可怜的人。

三毛，在去镇上一个极有钱的撒哈拉威财主家吃饭时，遇到个黑奴小男孩，他伺候所有人的吃食，一直低头干活儿，嘴角总是浮着一丝微笑。临走时，三毛给了小黑奴200块钱。第二天，有个不会说话的黑大个儿，找三毛来还钱。就这样三毛认识了哑奴。

接着，邻居家修屋顶，找来全镇手艺最好的工匠，就是哑奴，三毛不忍心看哑奴在正午的阳光下暴晒，把他请到自己的家里休息，给他食物饮料。临走时，还送了一大袋吃的，让他带给家里人。

哑奴对三毛无以为报，就偷偷地给她送新鲜的蔬菜，替他们洗车、收衣服，三毛跟哑奴的友谊逐渐建立起来。她发现哑奴不但活干得好，还很聪明，他能在地球仪上准确地找到撒哈拉、西班牙。

三毛觉得他应该跟命运抗争，应该找回自由，可哑奴不敢，也做不到。

最后，哑奴被他的主人卖给了别人，被捆上手脚，装上了车。这一去，也许就再也没有机会回来，就是和妻儿的永别。这一幕，每看一遍，都很揪心。

哑奴干干的没有半滴泪水的眼眶，三毛的像小河一样流满面颊的泪。都在眼前，就在眼前。

作为西班牙人的妻子的三毛，她不羡慕“财主迷宫也似宽大的白房子”；不羡慕财主四个艳丽年轻的太太；她为同行的两个西班牙妻子，没分寸地乱叫，感到害羞。

她能看见小黑奴伶俐的大眼睛，小鹿一样的温柔；她能看见，“哑奴，半靠在墙边，身上盖了一块羊栏上捡来的破草席，像一个不会挣扎的老狗，趴在自己的膝盖上”；她被哑奴“不设防的笑容”而感动；她为“荷西跟哑奴打手语的影子，斜斜地映在天棚上”而感到幸福；她为自己的施舍感到羞耻；她给了哑奴一大袋食物，却在惭愧“我能给他的实在太贫乏了”。

三毛的悲悯来自于她的善良，来自于她始终不忘的中国心。

三十年过去了，那一头黑发，一袭长裙，一直在我眼前；她讲的故事，沙漠的故事，用生命写就的爱情故事，一直在我耳畔；和她那轻柔甜美的声音，不留一粒灰尘的眼睛一起，一直在我的生命里打转。

三毛，就像一潭静水，能照见每个人的影子，让每个人的心灵成像。

从容于心

姥姥生了四个女儿，我妈排行老四。四个女儿又生了五双儿女，分散在西北东北各地，平日除了偶尔的电话，没有太多的联系。

大姨家有个大姐，是我们五个女孩中生得最可人的，是个名副其实的美人胚子。只因年轻时得了个病，被判得不能生育，在择偶时，就放低了标准，选了个相貌平平、生性善良的老实后生。谁知，婚后一年，竟生了个大胖小子。不知是这个姐夫无福消受，还是自小落下了什么毛病，在儿子一岁时，得了癌症独自去了。

为了儿子，大姐没有再嫁，一个人担着家庭的重担，带着幼小的儿子独自过活。没有肩膀可以依靠，没有屏障可以保护，一个女人独自面对生活，那困苦应该是“血淋淋”的。虽多年未见，可血缘的纽带，却让我放不下她，时时牵挂着。

如今，大外甥已经大学毕业，大姐也到了快要退休的年龄。随着时间的推移，对大姐的理解、敬重也越发增多起来。

不久前，大姐陪着大姨来了北京，我们分别五年后再见。原本做好了心理准备，她的磨难、辛酸一定会写在脸上，想想就让人心痛。可真的见面时，我惊呆了，她依然还是那么美。岁月在她的脸上并没有太多的雕刻，那脸上没有沧桑、没有埋怨、没有无奈、没有纠结，更找不到困苦。嘴角线条平缓，眉宇间含着浅浅的微笑，不施粉黛的脸上写满了淡定与平和。

想不明白，这面容从何而来，是什么让她一路艰难地走来，却还能如此从容。

怕提及往事会伤了她，交谈中，只问些无关痛痒的琐事。她说的最多的是儿子、学生、父母。她说，看着儿子长大成人，有了自己热爱的工作，她很欣慰；看着自己的学生越来越多，一个个走入校门，从青涩到成熟，再一个个走向社会，她很快乐；看着父母身体健康，安度晚年，她很幸福。在她眼里这就是她生活的全部，她的幸福源于周围人的快乐。

当我面对她，面对她特有的、因历练而生的从容时，仿佛猛然惊醒一般——我的偶然的不安，是因为我想要的太多。太多的声音充满耳朵，就会有太多被动的思考，被动接受，被动得无法选择。在被动中，屈从着现实，屈从着欲望，屈从着攀比，屈从着消费，屈从着生活，在从众中迷失了自己，用迎合缩小与他人之间的距离，以达到一种表象的统一。是屈从让我时而慌乱，时而紧迫，无法从容。

在大姐的身上，我似乎得到一种力量，带我从屈从中摆脱，帮我从紧迫中放松，教我从浮躁中宁静。

一直以为从容就是不迫，放慢脚步，用静心品读生活；从容就是悠闲舒缓，平和面对纷繁；从容就是不妄动，以芬芳之静审视纷争。而大姐淡定平和的笑容，让我加深了对从容的解读：从容既是发自内心的宽容与淡定，又是回归内心的隐忍与担当。

从容于心，才能真正地从容于人生。

再见海的故事

初春，凌晨5点的北京，寒凉的空气里有迎春的花香。打车去首都机场，8:00的航班，飞海口，去看望半年未见的婆婆，去看看相隔三千公里的那片海。

1

停机坪上有许多飞机，我们的摆渡车，带着我们一直在转圈圈，我都怀疑这车是专程带我们来看日出的。

上车就习惯地靠了个边儿，腿顶着行李箱紧贴着栏杆，双手抓在栏杆上面。眼神迷茫，望着窗外，脑子里一片空白。

旁边两女一男，小个子女人穿得很年轻，眼角有深浅不一的皱纹，眼皮有明显的刀疤，额头上也有填充过的痕迹；个子高一点儿的女人，年纪略轻，一件鹅黄色连帽的短款羽绒服，帽边有两条长长宽宽的飘带，垂在胸前，似乎是个什么牌子。她们大声说着这次要去做的项目，一定要打一种什么针。男孩对她们聊的话题很感兴趣。

我提着行李箱上了飞机，一边找自己的座位，一边用眼睛搜寻个年轻力壮的，好劳烦他帮我把箱子举到行李架上。刚好，我座位旁边就有个30多岁的年轻小伙：“你好！

能不能麻烦你，帮我抬一下箱子?”小伙十分爽快地答应了，一下就把箱子举起，轻松过了头顶，放在我眼睛能看见的那个格里。

“放这儿行吗?”

“行！太行了！辛苦了，谢谢!”

我坐到自己靠窗的位置上，就不再说话。半侧着身儿，拧着头，看窗外，灰白的天儿、灰白的机翼，足足看了20多分钟。好不容易离地了，飞行平稳后，前座的后背上电子屏亮了，可以自选电影或歌曲，口袋里还有本航空杂志，前后翻着看了个遍，就连广告页也认真逐字看过。小伙儿选的电影是《红高粱》，看得十分起劲。

吃了饭，拉下舷窗，戴上眼罩、耳机，一会儿，所有的声音和所有的感受就都消失了。

“请各位旅客收起小桌板，打开遮光板，调直座椅靠背，我们将于30分钟后降落美兰机场……”

舷窗一个个亮起来，刺目的强光照亮了整个机舱，人声从稀疏中逐渐苏醒过来。天儿蘸饱了艳丽的蓝色，成朵的云，浮冰一样，点缀在海面上，大地也逐渐清晰起来。银灰色的大片楼宇，点阵似的密集排布着，像逼退绿地和河流的入侵者。

飞机直冲跑道，双臂伸直撑着前面的座椅靠背，看看时间，已是11∶50。

“飞机晚点了?”我小声嘀咕。

“这趟飞机一般不晚点，还会早到。”小伙儿搭话了。

“看来，你经常跑这条线。”

“也不是，之前跑过几趟，去年一直没来，今年也是第一次。”

“在海南买房子了？”

“对！这次就是来取房本儿的。”小伙儿嘴角上扬，难掩的兴奋和喜悦挂了全脸。

我懊恼得直想拍大腿，小伙儿这一路憋着怎样的欣喜无人分享，真后悔没当他的听众。

没托运行李，很快就步入了这趟航班的第一梯队。大步流星地走在最前面，而且越走越快。潮湿闷热的空气夹着机场特有的味道，浓重而熟悉地迎面扑来。

出了闸口，左右寻找着高铁的指示牌。才发现，刚才邻座的那个小伙儿就在我的斜前方，脚步更大更快。他刚巧回头，也看见了我，挥手大声喊，“姐，你往哪儿走？”

“我去高铁站，你呢？”

“我租了车。”

“好！一路平安！再见！”我用力摆手，权当感谢与抱歉。

美兰到琼海，坐高铁需要36分钟，网上购票，身份证扫码进站。上了高铁，似乎进入了另一个热闹而喧哗的世界。车厢里几乎没有空座，所有的人似乎都在通电话或是聊微信。

“好的，哥，明天来看房……好，再给您留一天……”

“姐呀，对！这个房子是精装修的，明厨、明卫，拎包入住……三套以上，还可以再给您申请个折扣……”

“对！是的，对，我到海南了，估计下周二三才能回去……”

“快递？帮我放物业，谢谢！”

窗外成片的伞状的椰树、绿地不断后退，又有新的补上来。

海南没有四季，只是深浅不一的绿色而已：鹅黄泛绿的、青翠欲滴的、浓烈深邃的……错落交织着，分不出界限。云，大朵大朵叠加着，厚重而低垂的悬浮，像伸手就能推开的纱幕。

直接打车到了酒店，放好行李，简单收拾一下，就快步向婆婆家走去。每条路都很熟悉，路边的树也都是老相识，小区门口的早餐店还在，超市门四面开着。紫色落花点缀草地，树上有青色的木瓜、绿色的椰子。

婆婆家的铁门大开着，轻轻一推，铁纱门也没锁。

“妈，我回来了！”婆婆歪身坐在床边，面对窗外那条进小区的路，出门穿的外衣，早就换好了，不知她对着那扇窗，坐了多久，等了多久？

2

昨晚说好的，今天带婆婆和老姨去潭门码头，一早带婆婆吃饭、补牙，再回小区门口接老姨。刚把车头调转好，一个老大爷就开了车门，嘴里说着“去家乐福”，抬腿就想上车。“大爷，我这是私家车，等人呢。”大爷重重地关了车门，向后面的老太太摆手，说着什么。

开车往潭门方向，下桥洞。有一年下大雨，桥下积了很深的水，淹了许多车，重踩油门，快速通过这片心里阴影区域。再往前走，是一片新楼盘，听说房价已经涨到了1万多。

上了兴海南路，就是一望无际的绿地，成片的椰树山丘一样临风站立。云很低，成朵透亮了整个天空。路边都是红土，偶有玫红、亮橘色的花。海南的花多是艳丽的颜色。听说木棉刚落，我又错过了。

过桥，上213县道，单车道婉转起伏。上高坡时，树荫合抱的小路、由远而近的车流，都成了风景。沿214县道一直开就是博鳌，拐上342县道，就是潭门小镇。

快到码头时问婆婆：“妈，这地方您来过吗？”

“来过。”

两年前，带她和公公来过这儿，还吃了顿海鲜大餐。

把车停在码头的空地上。各色渔船顺次停靠，船头都插着鲜艳的五星红旗。背靠渔船，平整的迷彩布篷下，有一对儿年轻人，都戴着海南斗笠。女孩长衣长裤，一双长长的粉色塑胶手套；男孩灰蓝色半袖T恤，红翻领，红袖边儿，左胸前，红底黄字印着“中国”两个字。两人都俊眉朗目，古铜色的皮肤在阳光下泛着健康的光。

他们前面，一个挨一个地排着，写有同样数字编号的红色塑料大箱，里面平排着宽宽的带鱼，半埋在厚厚的冰里，前面立着大秤，成堆的白色泡沫箱。

深海带鱼，30 块钱一斤，真是便宜。

婆婆让我买点儿，带回北京，“妈呀，这么热的天儿，没到家，就全都臭了！”

再往前的大伞下，全是马鲛鱼，同样新鲜。

不过三四十米，有个凉亭，一群人围着几个当地的渔民和十来个泡沫箱，里面的鱼是杂色的，几只花盖蟹混在空隙里，上面浮着三四只豹皮纹路，全身长刺的“气球”。

“这是河豚吧？”

渔民浓重的海南口音，混在一堆东北话里，听不出个数。

比目鱼、大乌鱼、大海星，放在单独的箱子里。围观的人，询问的多，真正成交的少。

再往前是一片三角梅的“海洋”，半扇大的拱门上面写着“海洋步行街”。两排过道整齐的铺面，柜台十之八九都荒落了，柜台里有货，却不见守货的人。珍珠、砗磲、珊瑚做成的各种首饰，都落了灰尘。黄花梨做的按摩棒、锤子，却油光泛亮。

拐角的海鲜市场很是红火，踩着黄沙浑水的路面，顺着人流，移步向前。满眼的海鲜，应接不暇。我对海鳗和龙虾最感兴趣，一路询价，比颜色，最后停到了一个漂亮小妹的摊前。

婆婆见我盯着龙虾，就急了：“这里好贵的，咱吃点儿别的吧？我们都不饿呢。”

“是我自己想吃，北京买不到这么新鲜，这么便宜的，我好久没吃龙虾了，就买一个吧！”

低声跟小妹讨价还价，快速地称重、装袋、付款，把婆婆拦在身后。

就近找了个海鲜店，现场加工。

“在这儿吃好贵的，拿回家做吧，也不远。”

“回家就不新鲜了，我还要开车，累了，吃个饭，我也能歇歇腿儿。人家是免费加工的，你就放心吃吧。”

婆婆笑了：“那好吧！”

找了店外树荫下的凉快桌子，看着她们坐好，转身绕到厨房。叮嘱厨师尽量做清淡、软烂些。悄悄结了加工费出来，见婆婆在用开水烫碗筷、杯子，认真仔细地烫，还叮嘱老姨，别把水随地泼，要倒到路边的下水道里。

路对面，简单的遮阳伞下，尼龙绳捆了许多的大椰子，军绿色的皮。

“椰子怎么卖？”

“10 块钱一个。”

“来三个！”

女人用一把长长的砍刀，利落地劈了尖儿，削了皮儿，插了吸管，递过来，我一手托了一个，放到桌上，回头再去取另一个。女人提醒说，喝光了水可以拿回来取椰肉。

海鲜上桌了，龙虾被切成小块儿，加了粉丝和蒜蓉，焕出诱人的通红色。肉质饱满紧实，就连须子里都能嗑出完整的肉。海鳗切了连刀，卷在盘子里，像朵盛开的花，鱼肉细嫩鲜美，夹了鱼脸上最嫩的肉放到婆婆的碗里。

婆婆吃得开心，嘴角眉梢全是笑。老姨说，这是她这辈子吃过最大的龙虾，没想自己也有这样的福气。

甘甜的椰子水喝完了，托着，去寻树荫下的女人。

女人三两下就处理好了，白色的果肉像薄膜一样透亮，被分成小块装到袋子里。

女人起身坐到旁边的矮凳上，腿上搭了块花布，上面扎满了倒钩，伸手从旁边大塑料盆的一堆杂乱如麻的透明线里拽出个头儿，捋出一段，打结，固定一个钩，放进另一只大盆里。

“你这是干什么呢?”

“结渔网。”女人话不多，手不停。

关于渔网，我问不出再专业的问题。婆婆跟老姨在打包，不想坏了她们的节奏。就接着跟女人搭话：“你多大岁数了?”

“48。”女人应着。

“咱俩同岁啊!”

“不会吧?”女人抬起头，认真地上下打量我。

“属牛的，今年本命年，没错吧!”

“我们农村人，显老，看你细皮嫩肉的，一点儿皱纹都没有。”

其实，在我眼里她才是美的，大眼睛，深眼窝，黝黑的皮肤是健康的颜色，眼角虽有些皱纹，但并不影响眼里的光，就像海南独有的黑珊瑚一样，每个纹路都是岁月和大海最美好、最独特的馈赠。

3

以前每次来海南都要去趟三亚，看海、买水果、逛免税店。

上次去是 2018 年的冬天，下了火车，就直奔三亚湾，11 月的南海，是碧蓝色的，披着椰树的影子，在海边站了很久。想看看遥远的海面上有没有晚归的船、破帆的浪，或无数次在梦里翻舞的紫色烟霞。

买水果一定要去新鸿港农贸市场，那里是以我所知，海南水果品种最全、价格最便宜的地方。从三亚湾坐公交到吉阳区，要将近一个小时车程。市场由两栋 5 层大楼和中间的一大片空地组成，玻璃穹顶下的空地，是成排的水果摊。两边是规格高一点儿的店铺，货架斜面向外伸到路边儿，各色水果摆成立体的调色盘，都选最浓烈、最鲜艳的颜色。招牌就是“树上熟的”。

也有专卖干果、调料、茶叶的店，货品琳琅夺目。

左边楼是海鲜专场，一层都是新鲜水产，海胆、海星、龙虾、鱼类，贝类……游在蓄满海水的玻璃缸里，让人以为误入了海洋馆。价格也比内地便宜许多，上次就买到了 80 块钱一只的龙虾。

四楼都是现场加工的档口，敞开的厨房、敞开的座位，档口间没有明显的分界，只是颜色不同的塑料凳而已。上次买的海鲜就在一家叫“大帅海鲜加工店”做熟的。

一个 50 岁左右，穿花围裙，中等个儿黑胖女人招呼的我，等菜的工夫和大姐聊天，知道他们一家子都来自黑龙江鸡西。儿子叫大帅，七八年前来的三亚，一开始做水果生意，干得不太好，五年前转行做了餐饮，慢慢立住了脚，先把媳妇儿孩子接来了，没过两年，老两口也来帮忙。天热的时候，儿子心疼他们，让回东北凉快几个月，等旺季再回来。

“在三亚买房了吗?”

“三亚市里，咱可买不起，就在市场附近买了个，一家人够住，就行了。现在也涨了不少……”大姐满脸的幸福和满足。

这次时间紧，三亚是去不成了，可海是一定要看的，给婆婆提前开了晚饭，就一个人开车向博鳌那片海奔去。

细雨，给心情降了温，开了天窗，飞沫和着红土、青草的芳香，一股脑儿灌进来。

博鳌，以前去过几次，印象最深的一次是 2013 年的那个夏天。那时的博鳌小镇，是个安静得能让人听见自己呼吸的地方，我和小六在“老南洋咖啡馆”，点了一杯甜腻的黑咖啡，在一屋子的古木陈书里，耗了整整一个下午。

那天，太阳西斜的时候，我们开车去看海。过了娘娘庙，后面有一片月牙形的沙滩，岸边除了间白房子，再无其他建筑。我俩手拉手，数着步子，吹海风。

从远处走来两个渔民模样的人，抬了只塑料泡沫箱，径直向白房子走去。

“一定是新打上来的海鲜。”我拉了小六就去看热闹。

箱盖打开，里面是两只大大的、长相奇特、石头模样的怪东西。

“这是什么呀?”

“岩石蟹!”世上还有长成这样的螃蟹，浑身长满小刺，有鼻子有眼儿的，还有突出的O形的嘴，长长的臂，两只大钳子更不像蟹类。

“能卖给我们吗?”

“不行！我们也是好不容易才捞上来的，想留着自己吃。”

央求了好久，渔民才割爱。

那味道实在是鲜美，用小六的话说，“从此再没吃过那么美味的螃蟹。”

以后再去海南，只要遇到卖海鲜的，都要问问，“有岩石蟹吗?”

得到的答案全部都是：“岩石蟹？从来没听说过!”

我的询问倒成了一种炫耀。

如今再来，博鳌已换了模样。整齐规划的街道，现代统一的建筑，主路两侧铺了红绿相间的塑胶。连蒲扇似的椰树，都长得一般高。

沿着海岸是一排酒吧似的店面，起了些很文艺的名字：“这片海”“博鳌时间”“海的故事”。

下了椰树簇拥的台阶，海，就那么立在面前，浪花如瀑布一样砸过来，细雨和着飞沫连着薄雾，迷蒙了天。

摩挲着上前，像晚归的孩子一样，浪花裹挟着细沙，尽情地摊开在我的眼前，每退去一层，都留下泡沫似的雪花。伸开双臂，迎接；合上双臂，拥抱。

这片祖国最南的海，她用许多遥远的故事牵着我的脚步，让我跟着她，一路走来。细雨扎脸，湿了眼眶，时间停了，浪花锁住了所有的感动和想念。

4

为了逛免税店，提前 5 个小时就赶到了机场。过了安检，就找小推车，把行李卡在下面的隔板里，眼睛就不够用了。

因为提前做了功课，心里也有大概的预算。以自己的登机口为起点和终点，像扫货一样先走了一圈，把想买的几样东西记下来，折扣和价格也都做了比较。

导购提醒要先注册美兰免税店的会员，这样所有的积分都可以折成现金再消费，积分的额度不同，使用的折扣也不同。数学再不好的女人，遇到消费折扣问题，都能瞬间变成数学天才。淘宝双十一的折扣算法堪比奥数题，每算明白一次，都有种考试拿满分的欣喜。

逛街中的女人，都像打了鸡血的战士一样，斗志满满。看见一件心仪已久的东西，又遇到了最好的折扣，就像一个冲锋战士拿下高地一样，势在必得。

免税店里，各种香味混合的高饱和空气，更像一种兴奋剂，能让心情瞬间愉悦到极点。

化妆品店里人头攒动的多是女人，每人手里的小篮子都被装得满满当当，大家认真地研究含量、克数、出厂时间、产地、包装、色号、香型，脸上写满了凝重，认真劲儿不亚于在做一场宝物鉴定。

八九年前，海口免税店真是不值一提。店铺虽然大，但多是空落落的，最红火的是三亚免税店取件处。今年完全不同了，听说现在许多东西都比三亚免税店还便宜，额度也提高了许多。

最后买的是巧克力，因为食品只打折，不积分，但可以使用积分。算来算去还剩两块巧克力，没有达到最高折扣，心有不甘。导购小伙儿，热情又负责地建议，我和旁边的一个大姐拼单，这样就可以享受三件折上再七折的优惠。我俩都欣然接受，我买的单，大姐把她那件折后价，微信转给我，大家就高高兴兴地道了别。

不到三个小时，我就结束了“战斗”，拎着“战利品”回到登机口。望着大玻璃窗外闪亮的夜色，开始想家，想北京了。

飞机延误，据说是因为重庆方向有雨，部分延误的航班停滞在机场，导致其他航班依次顺延。我们排好的队伍，接到通知后，就地解散了。再排队，再解散，大家都像见过大世面一样，没人质疑，也没人吵闹。

终于，两个半小时后，我们登机了。这趟航班除了一队戴小橘帽的旅游团之外，其他多是老年夫妻，有带儿孙的，也有利手利脚的。看样子，都是回北京迎接春天的。

他们来自琼海、官塘、文昌；回到西城、海淀，或者朝阳。

他们是幸福的，可以像候鸟一样沿温度迁徙。

我也是幸福的，有80多岁的婆婆可以探望，有将近三千公里的大好河山可以飞越。

落在心底的月亮

超级月亮是今天的热门话题，占据各大网站的头条。如何拍摄、如何观测，都有详细讲解，准确到各种手机如何调焦，望远镜如何能观测得更好。

初亏、食既、食甚、生光、复圆的时间都精确到分秒，还有各种动态图标，形成原因位置的图解。像一场全部剧透，彩排花絮琳琅满目的戏，直等你一一验证。

天气预报说，有雨。

风，在下午一点多就来打前站了。黄沙，幔布一样，徐徐抬起。云，像大朵盛放争艳的月季花儿，一会儿就挤得漫天漫际，地湿了，并不见雨，云朵间，还有蓝成碧色的天，湖水清澈透亮。以树墙为幕，仔细分辨，竟真有雨丝，晶莹细密。半个小时左右，云，铺平了，没了边界。开始担心，晚间的“戏”，会不会换了剧情。

我并不是个天文爱好者，平时也就只认识个启明星，就连偶尔夺目的北斗七星也数不明白。关注超级月亮，是因为最近沉迷的一部书——《三体》。

太阳系到底有多大？外星生物真的存在吗？我们的星球还能存在多久？这些，小时候扰梦的问题，随着年龄的增长，生活的烦累，慢慢淡忘了。

三体世界，让人脑洞大开，强行把我们固有的三维空间，延展成十维。未来，也许可以用冬眠跨越；外星物种也许并不善良，我们发出的求救信息，很可能换回一场毁灭性的灾难；脱离了地球，也许就再也找不到适合生存的家园，将永远在暗夜的宇宙里漂流。

女儿全班去马兰村拍外景，预计下午六点左右回到学校。算好时间，从家出发，去接她。快到学校，收到她“道路拥堵，还要半个小时”的短信，把车停在校旁的桥上，下车看云去。

西斜的太阳，给云分层出许多色度，跳跃、旋转、翻腾。护城河里浮动的云影，都像在唱歌。京承高速上，车河通畅而壮阔，车身都镀了层光，透着欣喜、明亮。

东边的云层还很厚，按专家预测的时间，初亏应该已经出现了，隔着云，不知“天狗”来没来？

回到家，忙着给女儿弄晚饭，听她讲在山里的见闻，心不在焉地，一会儿就扒窗户看看。终于 20∶24 的时候，在东窗外的楼顶上逮到了月亮，只有 1/4 个圆，过了好一会儿，云才把那 3/4 还给我。

接着在南窗也能看见了，支起自拍杆不停地拉焦距、稳定、按拍照键，女儿在一旁奇怪地看着我：“看就完了，为什么一定要拍呢？”她从专业的角度，认为网上有的是清晰图片，何必徒劳?！我，听从心的召唤，只想把这难得一遇的月亮，定格到自己的手机里。

无限地拉近镜头对焦，明月在逐渐成像，清晰、模糊、跳跃的过程中，一点点变化，一点点圆润，被时间填充，重获新生。

21:10，月亮完全显现。没了云的遮挡，也没了星的陪伴。就那么，明亮皓洁，褪尽繁华，孤傲地挂于当空。像那首舒伯特的《小夜曲》，让人不由得调整呼吸。

夜，安静成窗前的我，窗外的月亮。

这一刻，生命是静止的，除了仰望。

上次见月全食，是2018年1月31日。陪女儿去沈阳参加校考，也是离开沈阳13年后第一次回去。只住了一个晚上，就赶上了月全食。初亏前也是血月，粉紫色的。女儿备考，什么月亮都落不进她的心里，我却兴奋地站在窗前，见证了整个过程。

那时拍不出清晰的画面，可那月亮落在了我的心底，和沈阳一起，一直陪着我走了许多年。

中年，学会重逢

你还记得初见他时的情景吗？他——麻灰色的运动短裤，麻灰色的运动 T 恤，当时很流行的“中分”，厚厚的在前额左右分着，棱角分明的脸，黑里透红，珠汗在脸上闪着七彩的光，从上到下一身阳光。

1

你还记得第一次和他约会吗？他穿着黑色棉服，把里面浅灰色毛衣的拉链一直拉到下巴，大大黑色眸子里闪着亮光。从此，他把每一个冬天，都为你挥洒成一片春光。

…………

二十年过去了。日子平淡如水，偶然分离，再次重逢，他依旧穿着离家时的那件蓝色棉衣，一身风尘，满脸倦怠，没有春风如沐，没有阳光满怀。你们，礼貌的，几乎没有表情地抬手示意，相随着匆匆穿过行人，匆匆上车离开。没有鲜花，没有拥抱，甚至没有一个羞涩的微笑。

岁月，让你习惯了这样的重逢。

大多数人的重逢是在车站或机场。高铁不让送站接站，就再也看不见年轻背影追跑绿皮火车的动人画面。在机场，人们基本都是默默地用力挥手，偶尔有个小情侣相拥相吻也都做贼似的躲躲闪闪。

现在的通讯工具，发达到可以随时联络，音频视频。牵挂，变得有声有形，随时随地。于是，很多人麻木了别离，麻木了重逢，生疏了有种美好的回味叫作——挂念的痛。

2

每次准备回老家，都会提前很久，在梦里一遍又一遍演练和老妈相拥而泣的热烈场面。可真的快进门，真的进了门，就会找各种理由岔开那一幕。每一次的分别，也想方设法回避相拥。给自己的理由是——怕父母年龄大了，承受不了。

可默默地离开，对他们的伤害就小吗?

大概三四个月前，楼里新搬来个高个子外国人。典型的欧洲人长相，很绅士也很阳光。第一次见面，他站在电梯中央，一脸热望、眼睛发亮。我抬眼看他，没超过一秒，就把眼神转向电梯里的广告画。虽然那几张广告画，我已经看过无数次，就连画脚最小的几行字你都记得。可我还是很认真地看着，像是极其被吸引。

再次在电梯里遇见，是在两天前，老外歪靠在一角，玩着手机，一脸麻木。

下了电梯，我对老公说："把老外都逼得玩儿手机了。"

"要不？下次我主动和他打个招呼?"

“算了吧！他好不容易适应了中国国情。你别再闪着他！”

中国人，有种美德叫含蓄，有种素养叫内敛。从小我们就被父母这样教育着长大，更何况人到中年，上有老，下有小，抬头有领导，低头有晚辈。

我们就这样躲在中年人的责任和使命里压抑着，不敢随性，不敢招摇。久了，冷漠就变成了一种习惯和性格。

3

前阵子看一个综艺节目里，费翔说，1987 年，他第一次上春晚，那年也是他第一次见外婆。母亲很年轻的时候离家去了台湾，从此就和外婆海峡两隔，音信全无。40 年后重逢，母女两人相对无言，无话可说的那种相对无言。费翔说，当时他很不理解，两个这么亲的人，怎么可能无话可说？许多年以后，他成熟了，他懂了。我也懂，那是种“爱的满怀”。

就这个“爱的满怀”害了许多人。

我们往往对同事朋友不吝啬夸奖，不羞于表达。我们收拾干净利落，衣着得体地上班，用满面春风迎接朋友。可对于我们至亲至爱的人，我们就用“爱的满怀”来搪塞——他不会介意的，我什么样他没见过，我这都是为了关心他，我这都是因为爱。

可他，就真的受得了你的一身家居油烟、蓬头垢面、一脸指责、满眼挑剔吗？

可父母，就真的受得了你的转身离开，不再回头吗？

想想，你有多久，没有给爱人一个羞涩的微笑？多久，没给母亲一个女儿的拥抱？多久，没有开怀大笑？多久，没有放肆地醉倒？谁说，人到中年就不可以追逐阳光快跑？谁说，人到中年就不可以隔着万花筒，望美梦迢迢？

别以爱的名义漠视了爱，别用刺痛回报关怀。

轻轻地，给他一个爱人的拥抱，倚在耳边，告诉他，你有多想念他！告诉他，你感受他的满身疲惫，你感谢他的奔波劳累！

然后，牵着他的手，回家！

老爸的自行车

老爸的自行车，现在基本成了摆设。车身上的漆早就掉光了。可是，我永远记得它原来的颜色。

打我记事起，老爸就骑一辆大自行车。前面的横梁上总是斜坐着我，后面坐着抱着小弟的老妈。那些年，那辆黑色的“二八大杠”就是我们移动的家。

锃亮的车把与细细的手闸间有条缝，几乎每次上车前，老爸都嘱咐我：别把手指头放缝里。但，越是大人不让干的事儿，对孩子越充满无限的诱惑。终于有一天刚刚伸进去的手指被捏了个正着，痛得我嗷嗷大叫，老爸当时眼圈就红了。

我学会骑车后的第一次远途，就是去贺兰山角下的武当庙给老爷扫墓。开始还和表哥表姐比速度，可越往山里去，路就越陡，眼看他们越骑越远，索性停下来喘粗气。

老爸不紧不慢地说：“不急，咱先歇会儿，等攒足了力气，几下就能追上他们。”

“几下？”

“176 下吧！也许还用不了那么多。”老爸表情坚定。

没别的选择，只能硬着头皮重新上车，用力地蹬，认真地数。

“1，2，3，4……”老爸骑着他的车并肩和我一起数。

后来到底数到了几，已经不记得了。只是，从那以后，无论再遇到什么困难，我都会想起那一幕，都会咬紧牙，在心里默默地数数。

12岁那年，我得了急性阑尾炎，医生说第二天必须做手术。二姨、妈妈的好朋友景姨一大早就都来了。4辆自行车就浩荡成一支队伍，我们更像是去赴一场与秋的约会。

装着脸盆的塑料网兜，在二姨的车把上逛来荡去；深灰色的旅行包，夹在妈妈的自行车后面。我侧脸趴在老爸的车把上，阳光把老爸粗壮手指上的汗毛幻成了金色；路两旁的白杨树一棵棵向后跑，留给我的只有一双双温暖的眼睛。

1984年，我们家搬到了辽河。多少年了，那里的人们都把它叫作“辽河”，是因为那里坐落着辽宁省的一个大油田。打包的行李中没有那辆老自行车，据说老爸把它送给了一个同学，连同那块藏在车座下三根弹簧中间的白毛巾。

很快，老爸就买了一辆新的自行车，还是个“二八横梁”。只是车标上的白色鸽子变成了七彩的凤凰。

上初二时，有一次我生病，每天上下午都得去卫生所打两次肌肉针。学校到卫生所大概一公里，去的时候，老爸骑车驮着我，回来的时候，他总是推着。那时候日本电视剧《血疑》演得很火，别人都说，我有个“大岛茂”式的爸爸。

现在，老妈家楼门口离马路有二三百米，是条宽宽的石板路，中间有五六级台阶。去年过年回家，我拉着满满的小车从四百往回走，过一级台阶就得抬一次小车，胳膊都快拽脱臼了。回到北京，在网上给他们买了个能上台阶的小拖车。收到货，老妈打来电话："你这孩子，就爱乱花钱，原来的小车是买东西送的。好好的，干啥买新的?"

"这个小车能上台阶，小筐还能折叠，很轻，你一定得用，还要让我爸用。"

"你爸生气呢，他不会用的。"老妈小声说。

前不久，我得空回家陪几天爸妈。老爸从早起就开始催老妈。

"快！给那个小孩儿盛饭。"

"快！给那个小孩儿烧水泡茶。"

水开了，他又催，"快！把水壶拎过来，别把小孩儿烫着。"……

我安静地接受着，心里甜腻腻的。

回妈家的第二天，炖了一大锅鸡汤，想着给婆婆送去。老妈家到婆婆家走路要 20 多分钟，没有车，这一大锅汤的搬运真成了问题。和老爸研究了好几种方案，都觉得不安全。最后我想起给他们买的拖车。老爸从厨房的一角把纸包纸裹的小车拎了出来，商标都还是新的。

老爸不让我动手，三两下就把大锅绑了个结结实实。无论我怎么劝，他都坚持要陪我送去。

为了不把他累着，我推着车迈大步走在前面，他围着我和锅一会儿绕一圈儿。走了不到三分之一，老妈来电话说给婆婆的香肠落家了，她现在就送下来。我只能把拖车交给老爸，再三再四地嘱咐，“老老实实在树荫儿下等着我。”等我汗流浃背地跑回来，树荫儿下哪儿还有他的影子。远远地，婆婆家小区大门口，他低头猫腰快速地走着。

无论我怎么说，他都不再撒手了，一个劲儿地说：“看我推得多好，我比你劲儿大，而且我身高正合适。”

好吧！我只压着脚步，慢慢地跟在后面。汗水在他后背的T恤上渗出来，像是一张笑脸。

也许，让他照顾我，比我照顾他，更让他高兴吧?!

老爸现在的自行车，是我上初中时他买给我的礼物。除了偶尔用来推点儿东西，基本就成了门口的摆设。车身上的漆早就掉光了，可是，我永远记得它原来的颜色。

放飞，是一种煎熬

第一次，女儿放学的时间，我还在家，没有委托任何人去接她。放学前半个钟头，带好便当准确出门时，接到女儿用同学手机打来的电话：“妈妈，我想和小婧一起坐公交回家，我们还想去家附近的一个店吃冷面，行吗？”

“可是，我已经给你带好了饭，正准备去接你呀！”

“噢！……那好吧，你来吧！”

听得出她很失望。放下电话，我思忖良久，又把电话拨了回去。

“你都和同学说好了，那就去吧！”

“可是，妈妈，小婧已经告诉她妈妈回家吃饭了。”

“那，你就和她一起坐公交回来，回家吃饭。”

“好！知道了！妈妈再见！”

电话已经离开了她的耳朵，挂断前，听见她兴奋地说：“小婧，我妈同意让我和你坐公交啦！”

记得就在前几天，我还念叨：这孩子一点儿也不立事儿，这样下去，可到哪儿算一站呢？

“这一站”迅雷不及掩耳地来了，我却有些慌张。

自从女儿三岁上幼儿园，我和老公就每天接送，风雨无误。女儿上了高中，学校门口接孩子的家长屈指可数，当时也“反省”过，可随后又安慰自己说：就只带她走这一程吧！可一个不小心，就走了一程又一程。

学校离家3.5公里，放学正赶上晚高峰，连去带回最少也得一个小时。曾试探过她：“你哪天自己也试着坐次公交？你看人家小婧，天天自己上学放学，多好！”

“不要！我还想用路上的时间补个觉呢。再说，小婧还羡慕我呢，她说天天有人接真幸福。”

我和老公相视而笑，彼此的眼神里都荡漾着“得意”。

现在想想，当时她可能只和我们说了半句话，下半句应该是她对小婧说：“我还羡慕你呢！能自己回家！”

周围的朋友、同事经常劝我：孩子都上高中了，应该放放手了。而我表面应承，可心底从未犹疑。看着闺密家比女儿还小几岁的女孩都可以做出四菜一汤，心里还不屑地想过：这么小的孩子就让做饭，怎么舍得？这得是个多懒的妈？

我不懒，早饭、晚饭从不对付，还曾发誓要在女儿高中毕业前，把她爱吃的菜都学会；我不懒，自觉包揽了女儿的一切劳动，早起叠被，收拾换下来的衣袜，书包两侧塞好一瓶咖啡、一瓶茶；我不懒，每次女儿和同学出门，都自愿充当司机，一路塞着耳机，从不多话。

我用大大的翅膀护着她，却从未想过：我貌似坚强的羽翼是否也挡住了投向她的阳光。

教育孩子，也许就像给手机充电一样，总是想着，再多充一会儿，再多充一点儿，可即便你充了一天一宿，也决充不到101%。

女儿期中考试成绩发下来，我有点儿傻眼，本想像往常一样心平气和地和她谈谈，可越说火越大，越说心里越委屈："你自己想想，你长这么大，爸爸妈妈为你付出了多少？我们每天巴眼盯着你、宠着你、护着你，就差把你捧上天了，你还想怎样？就这么个学习，怎么就不上心呢？就不能自觉点儿吗？……"

女儿坐在后座一语不发。偷眼从后视镜里看，她低着头，眼角闪着泪花。

突然有点儿醒悟：一直以来，我们只是一厢情愿地以爱的名义，用厚厚的壳裹挟了她。她只乖乖地点头、乖乖地接受，根本没有机会说出自己真实的想法。

18:30，她安全回到了家，小脸绯红，眼睛里闪着光。

"怎么样？公交坐得挺好呗？"

"嗯！挺好的，小婧说有两趟车能到咱们家。今天放学早，坐的×××路，要是放学晚了就坐×××路……我们学校那站比较早，一上车就有座……还有，小骞她们几个是坐地铁回家的……"

女儿跟我喋喋不休。

"背着你的'炸药包'，从车站走回来，累不？"

"还好，知道要坐公交，提前把不用的书放学校了。"

原来，她也不是什么都不想。

睡觉之前，女儿把家门钥匙、公交卡、小手机全都塞到了书包里。

“妈妈，以后我可以天天和小婧一起坐公交回家吗？”

“噢？……可以！不过……你如果想让妈妈接，就提前打电话。”

关上她的屋门，转身离开。心里翻来覆去，覆去翻来：这么多年，到底是她需要我？还是我更需要她？

李商隐有诗云：“桐花万里丹山路，雏凤清于老凤声。”

雏凤长大了，是该放手了，放了她，也放了自己。

追着光，一直走

1

我的眼睛有一个旧疾。

刚参加工作的时候，单位组织去威海旅游。第一次坐轮船，晕得要命，每个大浪都翻滚在胃里。夜里更是无法入睡，好不容易合了眼，天就亮了，眼睛却睁不开了，像被什么黏住了，好不容易睁开，眼前就立了根棍儿，用手捏下来，是黄色的，自动铅笔芯粗细，有一厘米长，指甲一掐就断了。下眼睑的角上有个黑色的小眼儿。里面还是硬结。指甲顶着向上推，又挤出一段。“针眼能长这么长吗？”心里狐疑，怕自己是什么异类，不敢跟任何人提起。

三十多岁的时候，那个针眼又犯过一次，挤出段四五毫米的硬棍，没有上一次的长，心里还稍稍有点儿遗憾。

2019 年 3 月，春天刚冒头。眼睛又出问题了，还是之前的位置，指尖能明显感到硬物，却挤不出来。

跟老公开玩笑说：“这真是人到中年，天过午，气血明显不足了，连个针眼都鼓不出来了。”

上了许多眼药水、眼药膏，都没有用。硬结被周围的组织越包越严，变成米粒大小，原来那个小黑点也不见了。

娜娜劝我："姐！你还是去医院看看吧！可能还是没对症。"

娜娜跟我一样，也属牛，比我小一轮。她总说："姐，要是等我到了你这个岁数，还能像你这样，这辈子就知足了。"

我说："我还真羡慕你们年轻人，活得通透！什么都懂！内心还那么强大。"

娜娜，澳大利亚留学回来的。生了一男一女两个孩子。她好像总有用不完的劲儿，干不完的活儿。老家一大堆亲戚，只要有谁生病来北京，她都管。所以什么医院治什么病，她门儿清。

娜娜给我介绍的是航空总院，说那儿的眼科最牛。

想着肯定得用外力把这个结取出来，就让老公陪着，壮壮胆。那次真的很幸运，遇到了眼科专家。一位长相清秀、气质干练的中年女人。她的第一判断是"结节"，得做手术，可能得留疤。

老公急着问："有没有其他的办法？"

"那就是挑出来。"

老公去交了费，16.35 元。我心里打鼓，就这么点儿钱，明摆着是要硬挑啊！

没想到，大夫还给我滴了两滴麻药。

针头刚碰到眼睛的时候，没有感觉，过了一会儿，就知道疼了，却不敢动。针尖拨动石头的声音，好像响了一个世纪。

大概十多分钟后，大夫托着带血的纱布去给老公看："你看看吧，就是这两个小硬结，旁边还有点碎渣子。全都挑干净了，回去上点儿眼药水，没事了。"

老公谢了又谢，说一定要给她写封感谢信。

我被老公扶着走出诊室，手还是麻的、冰凉，手心里全是汗。

那次确实没留疤，没几天就全好了。

2

2019 年 10 月，单位机构重组，老公调到了外地。从此，三个人的北京，变成了两个人的。十一年前，他把我们俩带来，带到这个"举目无亲"的首都。如今，他一个人回去了，我的日子变成了五天为计的结。

那一年的秋天特别长，落叶也特别厚。街上，双层大巴经过，车顶的黄叶就像雪花一样，洋洋洒洒，一天一地。再被后来的车卷起来，散开去。阳光点亮了每片叶子，远远地，荡漾成波光。

11 月 29 日，下了那年入冬的第一场雪，晚上9:40，开车从地库出来，漫天的雪花，罩着橙黄色的路灯，就那么迎面砸过来。以为，这雪只是为我一个人下的，那么特别，那么温暖。

从火车站接了老公回家，他开车，我就肆意地开了车窗。拍路灯下雪花的影子，拍满天星星一样的雪花。

过完周末，老公又走了。我的眼皮却肿起来了，还是右眼。世界变得酸涩而狭小，像塞了满满的未化的雪。

看来还得去医院，看医生。

航空总院，还挂眼科专家。可这次没遇见之前的大夫，是个严肃的男医生。诊断为结膜炎（双眼），眼干症。医生给开了妥布霉素地塞米松滴眼液，每日三次，用七天；双氟芬酸钠滴眼液，每日四次；聚乙烯醇滴眼液，每两小时冲洗一次。一共花了 193.58 元。

人在生病的时候，特别听医生的话。回家认真滴眼药水，比吃饭都准时。第四天，眼皮消肿了，脸也不胀了，还多出层双眼皮，虽然很浅，还是高兴，这是因祸得福了呀！

上了一周的眼药水，感觉眼球都快给泡发了。

没想，停药一周后，眼皮又肿了，这次没红，只是肿得厉害，肿出三四层来。

断断续续地，好几天坏几天。

小智说，她妈妈的一个朋友也是我这种情况，反反复复好长时间，最后发现是消毒水过敏。

应该就是这个原因了，我常年用“84”兑水擦地的。回家就把所有的“84”全扔了。

小智还说，还有一种可能就是更年期前兆。

人们都说女人一过 45 岁，身体各种机能都在减退，同学中已经有生理期紊乱的，有心悸潮热出汗的，也有个别已经绝经了。

心里纵有 100 个不想面对的理由，可谁又能和时间玩命呢？

“到什么时候，干什么事儿。”这是奶奶在世时最常说的话。

老妈也常说：“人，都是这样过来的。就得面对。”

“那是你们那时候，物质匮乏，我们现在生活水平提高了，世界卫生组织都把年龄段重新定义了。更年期这事儿，也是分人的。谁说，我就一定得有。”

嘴上这么说，心里还是打鼓，不确定自己就一定是那个例外。

眼药水全都用完了。心想这回是该好了吧?!

12 月份，陪女儿去了趟上海，参加漫展。北京到上海，高铁只用四个半小时。上次去上海，还是女儿一岁半的时候，带她去了野生动物园，她一点儿记忆都没有了。

18 年前，从盘锦到上海。没见过那么高的楼，魔都就在我的眼前，哪儿哪儿都是繁华和炫目的。

18 年后，从北京到上海。感觉完全不同。

只有外滩是新鲜的，黄浦江上有游轮，附近有东方明珠塔，鳞次的高楼映了江水，反着光。去了“天成里”，吃了蟹黄包、豆花，买了现场制作的猪肉脯，还是甜的。

回北京，眼皮又肿了，眼袋也出来了，眼角皱纹也多了许多。

这回大家的分析是：冷风吹的。

老妈本来就有迎风流泪的毛病，莫非这个也遗传？我在潘家园买了两副水晶眼镜，一副深色的给老妈，一副浅色的自己戴。想想惭愧，要不是自己得了毛病，也不曾想到过老妈。

水晶眼镜一戴上，感觉整个眼球都滋润清爽了，也许是心理暗示起了作用，上班时也戴着。起码，能挡住同事关切的目光。

3

“姐，你这也不是办法呀！还是得从根本上解决问题，上次跟你说的那个老中医，你还是去看看吧。我儿子的过敏性鼻炎就是吃他开的药治好的。”

娜娜说的中医门诊，在珠市口东大街，丰泰大厦的一个底商里。坐诊的是位七八十岁的白发老者。手指清秀而细长，搭在手腕上冰凉干爽，能感觉到我的脉搏在他指尖的跳动，或轻或重。

墙上挂着老爷子跟几位前任国家领导人的合影，那就是我中药的引子。

又请大夫给老妈和女儿都把了脉。老妈一直舌头疼，睡不好觉，想她来趟北京不容易，一起看了，也少了我异乡的挂肚牵肠。女儿也是过敏性鼻炎，前几年北京空气质量差，一到冬天就雾霾不断。这几年 PM2.5 的指数降下来了，可许多人的病根却落下了。

抓药的小窗口外面，还站着三四拨等药的人，有推着行李箱的，有操着外地口音的，他们是给我的信任加重砝码的人。

大夫给我的诊断是：眼皮肿，过敏性鼻炎，脉细，舌苔薄白。下了药方，还写了禁食：鱼虾、牛羊肉、辣椒、酒、杧果、荔枝、桂圆、巧克力。

感觉他这是禁掉了我的整个食谱，这是要让我减肥呀！

拎着三大袋子的草药，从中医堂出来。路过祈年大街，第一次从北面看祈年殿，夕阳下的蓝瓦金顶，是另一种繁华和富丽。

中药吃到第四天，我的眼睛消肿了，整个人也清爽了许多。女儿打喷嚏的次数少了。老妈说，她没有什么明显的感觉，这几服药吃完，就不再吃了。老妈学过中医，她如何不知“病去如抽丝”的道理，只是不想我多花钱。

快过年了，临回老家之前，又去了趟中医堂，硬把老妈按在诊凳上，让大夫再给她开两周的药。

2020 年 1 月 14 日，开车回盘锦，去和老公团聚，回家过年。一大堆的行李，装了满满的后车厢，最上面是三大袋子草药。

4

到了盘锦，就开始洗洗涮涮。老公所有的衣服几乎穿过一轮了，床单被罩，也得换一遍。

第一个星期，洗衣机在白天几乎没停过。封闭阳台上的晾衣架升了降，降了升。太阳好的时候，就在开放阳台上晒被子。

十多年没正经住过有阳台的房子了。盘锦租来的房子有两个阳台，像是给我圆梦用的。

开放式阳台上有两把网椅，擦干净，女儿就抱着小狗坐在上面晒太阳，阳光洒在她的脸上，柔美得让人发呆。

那样的时刻，真的涌起过这样的念头：不走了，就在这安静的小城里养老！楼下有兴隆台最大的图书馆，走路到爸妈家，只要五六分钟；有一群从小玩到大的同学朋友，傍晚逛个公园广场，准能遇见个把熟人。

除夕，如期到了。

初十左右，我的眼皮又肿了，心情一下跌落到谷底。

想北京了，想好长时间了。想自己的家，想天安门，甚至想四环的路。

第二天，天不亮，我们就出发了。

5

回家的第四天，两只眼皮都肿了，右眼睑上面还有三四个针尖似的小刺儿。

二姐又来电话了，问我的眼睛好点儿没。“你这是血液里的毒素，要清一清才行！”她强烈推荐我吃营养素，听得我是一头雾水。

“你说吃了这种药，就一定能好呗？”

“亲爱的，我都跟你说了无数次了，这个不是药，都是纯天然的提取物。能调动你身体的机能，达到自我修复……”

“好吧！就听你的，你帮我配吧，尽快发给我。”

我已经到了病急乱投医的程度，只要能让我的眼睛好起来，别说吃点儿营养品了，就是给我两只蜈蚣，恐怕也能咽进去。

2 月 26 日，二姐推荐的营养品收到了。灵芝胶囊、R2 复沛组合，按二姐的说明，开始按时按数地吃。

眼皮并没有像想象中那样药到病除。反正相见无期，上班可以戴眼镜，不上班连脸都不用洗。北京太大了，没什么熟人，完全可以头不梳脸不洗地下楼取快递。

春天又来了。忽然之间，楼下的玉兰就开了。

桃花开的时候，抱着小海螺下楼去看。回来才发现，我的眼皮已经不肿了。

女儿开学了，我可以顺路去菜市场了。买的头茬韭菜叶子里居然藏着两只小蜗牛，找了个小塑料盒给它们当房子，每天换菜叶、喷水。看着它们的触角一天天变长，壳一天天变厚。心，也跟着坚实厚重了。

海棠花开了，可海棠花溪却迟迟未去。

6

海棠未落，丁香又开了，眼睛又肿了。我都懒得去分析原因了。管它的呢！不如出去走走，看看花儿。

早晨 5 点的公园，空气清爽得直灌肺脾，嫩草刚醒，海棠碎了一地，远远就能闻到丁香的甜腻。别人都是一个速度地走或跑，只有我，一副没见过世面的样子：走走停停，捡一片鹅黄透光的银杏，寻一朵五瓣的丁香。

公园出来，写了首无题的诗：

东风作乱柳如沙，
海棠黄蕊鬓飞霞。
西月重山何可渡？
丁香入梦四五匝。

几天晨起的公园漫步下来，整个人都舒爽了，连眼眶周围的神经都放松和缓了许多。自己受了益，就想带上女儿，她一口回绝："NO！决不！"

最后，终于以一台游戏机作为交换条件谈妥了。

第二天，我就理直气壮地敲她的门叫她起床。她拖着脚步，远远地落在后面。我不急也不喊，停下来等她，等她跟上来，再快步走起来；一会儿再停下来等。

三天没到头儿，见女儿要打退堂鼓了，我又想出了新点子："我们去玉渊潭看樱花啊？"

"那可不可以下午去？"

"为什么要下午去呢？"我明知故问。

"下午光线好，我还可以顺便拍点片子。"

这个理由既正规又专业，我是无法拒绝的。

后来，我们又去了景山公园，看了满园的郁金香、第一茬的牡丹，还去陶然亭看了松。

不知不觉间，我的眼睛也好了。

眼皮，偶尔也肿，不明原因的；过几天又好了，不知所以的。

就像许多纠结一样，放下了，慢慢就化了。

7

运动，是件能让人上瘾的事儿。

当最初的坚持，变成一种习惯，整个人就像获得了新生一样。慢慢地，脚步轻了，后背不酸了，腰也不痛了，全身的血液，以一种新的速度在流淌。

为了鼓励自己跑起来，置办了新的跑步鞋、腰包、防晒帽。防晒帽有一圈海绵，既可以吸汗，又可以挡风，所以走到哪儿，都戴着，开车也戴。

怎么也不会想到，就是这圈海绵又给我带来了新的麻烦。

2021 年 9 月初，右边的额头开始痒，慢慢变成蚕豆大小的一块红斑，起皮，有小疹子。这是捂出湿疹了，以前脖子上也起过类似的，上几天痱子粉就好了。

痱子粉上了，并不见效，左边的额头也有了，接着是右眼皮，左眼皮，对称着长。老妈说，好像是过敏性皮炎。

刘姐说“炉甘石”好使。马上去买了，摇匀，用棉签蘸着，点在疹子上。开始是粉色的，干了就变成白色，石灰一样，果然止痒。

一应的洗面奶，化妆品都不敢用了，只用清水擦。

10 月初，去赴几个闺密的约，去吃牛肉火锅。顶着一脸的白点子，眼镜口罩都挡不住。

“你这是咋的了？”

“湿疹，上的炉甘石，过几天就好了。”

火锅的热气蒸腾着，吃到一半，脸就又红又肿，痒劲儿上来了。石灰卷了边儿，渗出些黄色的液体，用手一蘸，黏黏的。

小鸣看着着急：“姐，你还是去看看中医吧，还是得调调。同仁堂的药好，都有坐诊的大夫。”

我大梦初醒般，前年看过中医的事儿，全撂到脑后了。

饭店出来直奔同仁堂，望京就有一家，停车问了才知道，今天没有坐诊大夫，要等到下周二。

我是一刻也等不了的，再去下家。记得小营路上有。这回学聪明了，站在门口，探头问：“有坐诊的大夫吗？”

“我家没有大夫，只抓药。”

“那麻烦问您一下，哪家店有呢？”

“以前飘亮店有，可现在也不确定。”

反正离得近，去碰碰运气。

同仁堂，在漂亮一楼最南边的角上。当天坐诊的，是位姓巴的大夫，清瘦的中年男人，一身书卷气，说话慢条斯理的。

他的诊断是：过敏性皮炎，和更年期没什么关系。

下了方子，抓药，他说外敷的，除了炉甘石，还可以用点儿紫药水，只是难看。

好看赖看的，我都不在意了，只要能治病。

这回好了，我从“白脸的曹操”一下变成了“蓝脸的窦尔敦”。

一周的药吃完，疹子好了八成。苦药再难下咽，想着反正也有外敷的，就没去复诊。

月中的时候，陪女儿去了趟环球影城。蓝蓝的天，玩了个痛快，每个场馆都得排长长的队，大毒的太阳晒了一天，回来脸又烂了，可以用惨不忍睹形容了。

周末老公回来，和小伙伴们聚会，我顶着一脸的白点子参加。说要忌口，这也不敢吃，那也不敢碰的。

闫姐很有经验，笃定地说："皮肤问题，就得去空军总院。给你开两支药膏，一擦就好了。根本不用忌什么口。"

听人劝，吃饱饭。第二天，老公就陪我去空军总院了。一路上笑语欢歌的，不像是去看病，倒像去赴一场和深秋的约会。

到了才知道，需网上挂号，现场只给 70 岁以上老人开临时的号。倒也合情合理。

"网上的号，都排到下周五了，约一个吗？"往回走，我就一直低头查手机。

"别等了，要不就去望京医院看看。"

望京医院，现场就能挂号。皮肤科专家话说得挺冲："你这个脸都感染了，才来？先去打个消炎针，回家再吃消炎药。"

一大堆的药里还有两盒外敷的，是他们自制的。

再问："我需要忌口吗？"

"吃药期间还是得注意点儿，药停了，病好了，为啥不吃？啥也不吃，活着干啥？"

他的话，把我和老公都逗笑了。

老公又走了。我给自己画了个表儿，吃一份药画一个钩。想着，等画满这个表儿，头顶上的那片乌云，也就该散了！

8

敷料往脸上一擦，还真是舒服，皮不干了也不痒了。两三天过去，开始蜕皮了，先是卷边，再一点点干成蝉翼。

老妈不让撕，说要等它自己掉，不然会留疤，听着、忍着、挨着。不到十天，新皮长全了，果然一点儿痕迹也没留。

老公被调回来了，不再走了，两年多的异地生活终于结束了。

去接站，老公眼角眉梢全是笑："怎么感觉，你比之前还白了呢，皮还嫩了呢！"

"褪了两层皮了，能不嫩吗？"

老公带回了炸好的盘锦河虾，他劝我吃。

"也不知道能不能吃。"心里是馋的。

"没事，你这不都全好了吗？特意给你带回来的。"

我是越吃越香，把什么全都忘了。

半夜就被痒醒了，用手轻轻地摸，完了！又被打回原形了。

复发的不光是以前的位置，脸颊、下巴都有，针尖似的小刺。痒得难受，不敢挠，只敢用指肚按，一按就出水，黏黏的，黄色的。

这回老实儿去空军总院吧。专家号是别想了，普通号也等了两天。

每次穿行在寻医问诊的路上都很兴奋，总觉得有位神医在导航的终点等着我，也必有一剂良药，一定会药到病除。特意走了慧忠路隧道，心里祈祷：穿过这条时空隧道，我就病痛全无了。

空军总院专设一层作为皮肤科，我这点儿毛病，在人家那儿都不算事儿。

大夫说："你这就是过敏。要是不想查过敏原，就只能多注意。吃一只虾还是一盆虾，对于你是一样的。"

吃药、上药，一点点见好，蜕皮、长新皮，一切从头再来。

这回老公格外上心，什么也不让我干了，最坚持的就是不让我开火做饭。

"你这毛病就是从'热'上来的，现在开始，你就躲所有的'热'远点儿。"

热病？说我皮嫩，我爱听，可说我是热病，就不乐意了。想来，我又没有什么"好哥哥"去给我配什么"冷香丸"的。

"行！以后，我就哪凉快儿在哪待着呗？"

只要有时间，老公就拉着我进山，躲着太阳吹山风。不到半个月，也就好全了。

9

想着老公在盘锦的出租屋还没退，一屋子的东西着急收拾。

“你在家陪闺女，我回去凉快凉快!”

火车过了山海关，我就坐不住了，眼皮痒。去洗手间用凉水冲，回来坐下，一会儿又站起来。再过一会儿，小水泡也发出来了，眼皮又变成了油豆腐皮。

翻遍背包和衣服的所有的口袋，也没找到药膏。完了！忘带了！这下惨了！

终于挨到了盘锦站。冷风吹来，顶着心里和脸上的“火”，全身打战。

家门一开，迎在门口的爸妈，一看我这张像被开水烫过的脸，笑容瞬间就僵住了。

“这是咋整的？不是说已经好利索了吗?”

“嗯！没事儿！凉快凉快，就好了!”

几乎一夜没睡，有上千只蚂蚁在脸上爬。把双手反背着，压在身子下面，告诉自己：“不能抓！不能挠!”

“找谁去看看呢?”天不亮，老妈就过来了。

“我记得，原来有个老陈大夫，我上初中的时候，脸上长了扁平疣，就是用陈大夫自己配的药水擦好的。”

在一个艾灸馆，找到了陈大夫。80 多岁大爷在大厅给我把脉。

“你这是上焦火下焦寒。得一个很长的过程，才能调养过来，不能着急。”

我连连点头。

写了内服的方子，外敷“硫磺软膏”。

回妈家，药膏一擦，灼热还能忍，干了就揪着皮痛。眼皮是闭不上了。书举起来，放下，再举起来。很快，脸就干成了一张硬壳，能敲出声。

只能躺平。又望了一宿的天花板。

老妈泡药熬药，不让别人插手。

老爸做饭炒菜，也不让人靠前。

我背着手，满屋溜达，从南窗到北窗，是 27 步，从北窗到南窗，还是 27 步。

反正一时半刻也是回不去了，就在这儿安心养病吧！

我的脸，在老妈每天焦虑的目光注视下，终于有了起色。大姐来了，说马静跟我的毛病差不多，擦了个什么药膏就好了，要不问她要点儿，试试呗，万一就好了呢！

药膏浅黄色的，几乎没什么味儿，往脸上一抹，没有任何灼热刺痛感，一推一层油，还挺舒服。

弟弟、弟妹几乎每天都拎着水果和菜回来，换着花样给我做好吃的，再问第二天想吃啥。

被他们众星捧月般围着，让我无法拒绝，又心生愧疚。

没到一星期，老公借着开会的由子，把海螺和车都给我送回来了。少了三分之一的惦记，在爸妈家，待得也踏实了。

陈大夫的药，中间换过药方。吃够了 14 服，他说可以停两天，再吃几盒中成药——“十全大补丸”或“人参养荣丸”。

马姐送的药膏用完了，又托她买了一盒。加了她的微信，两个病友之间的交流，温度上升得很快。于她，是痛苦的回忆；于我，全是充满阳光的希望。

这次是真的找到了那剂神药。整个脸都透亮滋润了，泛着油亮亮的光。

老公说：“你又年轻了！”

他爱夸张，说的话，我不太往心里去。可每个朋友都这么说，我就半推半就地信了。

12 月 19 日，回北京，走的京承高速。过隧道，过金山岭。

落日红天的时候，才进了城。

中成药，每种又吃了两盒，还是忌口，离火和阳光都远远的。

2022 年，过新年，感觉一切都好起来了。厨房做饭，脸也不肿了；热水洗澡，脸也不红了。

这场旷日持久的战争，打了两年多，寻医问药的路，走了九趟，褪了四层皮，终于痊愈了。

一直感觉有一束光在前面，走着走着，天就亮了！

年　检

车辆年检，是件让人头疼的事儿。

暴晒的天儿，长长的队，无限期的等待……都像阴影一样，在脑袋瓜子上绕来绕去。

今年早早地做了准备，在网上预约了工作日的最早时间，提前做了车辆保养。

一早起来，准备了热茶、点心，还有书，像奔赴战场一样出发了。进了检车场，顺着指引牌，进入备检车道，车道分四排，有专业人员指挥引导。

“你好！请出示行驶证，打开前机盖，安全带插入插口，开天窗，打开后箱，下车，三脚架支在车后面。”

很快，工作人员拍好照，递过表格。“请到大厅，1～6号窗口办理手续。”

大厅干净、敞亮。

交表，输入，再接过表格，不过三两分钟。

“请到休息区等待。”

心里后悔没把水杯和书拿下来，还不知道要等多久呢。

大家零散地坐开，旁边有电子屏幕，上面显示着检车线上不同角度的清晰画面。

椅子还没坐热，就听见喊我的车牌号，快步走过去，扫码交费。

“请收好您的所有材料，您的车查完了，可以走了。”

以为自己听错了，“全完事了？检完了?”

得到的答案是肯定的。

蒙蒙地走出大厅，我的车，已经被停在了前面的空位上。

整个过程没超过半个小时，行云流水般顺畅。开出检车场，还像逛西洋景一样，逛了个早市。

心里不停感慨：我们的国家太牛了，政府机关真为老百姓着想，给老百姓解决实实在在的生活问题，必须给他们点个大大的赞!

时光，安静成满天星

北五环出发，一路西北方向。京新高速，转京礼高速，上南雁路，109 国道，山回路转、路转山回，过斋堂，进入 007 县道，眼前就是一片梦里桃源。

硬山顶的灰色屋脊，一条条横着，灰瓦扣着屋坡。中间一条石头路，四面环抱青山，树叶反着强光。石板路硌着脚底，才知道自己是自己，并不是那个“武陵人”。

爨底下村，位于北京西郊门头沟，斋堂镇，是个有 500 多年历史的古村落。始建于明正德十年（1515 年）。在册 35 户，93 人，海拔 650 米。

关于这个“爨”字，有个顺口溜：“兴字头，林字腰，大字下面架火烧。”所以村里人，无论男女老少都姓“韩”，谐音“寒”，图个阴阳协调。

1

我们住的是提前一周在网上订的民宿——“椿舍”，一间叫“文轩”的榻榻米。

长长的石阶上有风铃在响，两个短裙女孩在拍照，我们一趟趟地搬行李，一次次地道“打扰”。

椿舍是个改造后的四合院，文轩是西厢房，东边没有房，半人高的墙上面就是苍茫的山，坐在榻榻米上，隔着窗，似乎伸手就能摸到山。

夜里很凉，盖着厚棉被，鼻尖微凉。这是入夏以来，睡得最踏实的一晚。

沉梦是被细密的鸟鸣声唤醒的，摸过手机一看，4:20，侧身歪着，鸟鸣声却越来越清晰，干脆出去听听。

4:50的古村里一个人影也没有。石头路似乎还睡着，走不出一点儿脚步声。荷叶平铺了荷塘，山泉水悄悄地流着。太阳不慌不忙的，一个一个地点亮山头，从最远最高的那个开始。

村里的路只有一条，进山或出山，静或是更静。

早饭是椿舍提供的，小米粥上有层厚厚的透明米脂，小花卷蘸着酱豆腐，满口浓浓的麦香，卷心菜切成丝，只拌了盐和香油，就着可以喝下三碗粥。

吃过早饭，阳光爆了整个院子，大大的太阳伞下只有半张椅子在阴影下。民宿的大姐们，里里外外地打扫几间刚退的房，一会儿拎进个大袋子，一会儿又拎出来。她们个个皮肤黝黑，四肢粗壮。一说话，眼睛就弯弯的，满脸挂着笑。

2

中午我们就搬到了——鋆舍，一个中规中矩的四合院。

倒座房用来当厨房，四方院顶搭成了阳光房。用厚厚的玻璃罩住了雨，密扎的竹竿挡住了光。坐在小院当中，头顶着天，脚踩着地。等夕阳西下，暮色四合时，这四方小院儿才是能安放灵魂的家。

住上了正房，就急着去爬山了。一定要到山上看看古村的全景。村里有两条路可以上山，都可以到达观景台。

古井后面上山的路，石台阶上多有黄土，野山杏落了一路，被人踩成橘黄色的泥。台阶忽高忽低，坡度是石头的形状决定的。

因为不知道路有多远，所以不敢停。一路的风景就是脚下的台阶，怕踏不稳，怕踩不牢。几段没有扶手的，身子就尽量靠着山的一边。遇有树杈遮阳，就停下来喝口水，小爬山虎穿过，只看得清细细长长的山色的尾巴，不知道是它怕我，还是我更怕它。

观景台是个一平方米左右的平地，有铁护栏，元宝形的村舍尽收眼底，这就是电影《投名状》的拍摄地。

下山时，遇见一对老年夫妻，他们问观景台还有多远。

“还有四分之三，”我喘着粗气，“有几处，不是很好走，大姐的凉鞋多加小心。”

两口子再三道谢。我继续下山，心里甜丝丝的，用脚量出的经验，说与人时，踏实而自豪。

3

整个村子，只有两个小卖部：一个在村头，木门上写着“供销社”；一个在村中间，台阶上有两台冰箱，前面几筐果干。下午四五点钟，冰箱就上了锁，果干也被带回了家。

供销社里，只有简单的零食和水。柜台醒目的位置摞着几本画册。“这是我家老头子画的！”看店的老太太自豪地说，“是文联出版社印的……我就住在后面的院子里，主要是看小孙子……有空了，才来店里，我不爱进城，夏天热得都盖不上被……”

村里定时会来货车，小喇叭喊着：“卖大米、卖好大米，卖大米、白面、绿豆、小米、红豆……”

请游客挪车，也是靠喇叭喊的。

住到第二天，我才听清楚，早晚各一次喇叭里喊的是“收垃圾了！收垃圾！”

而不是“黄花鱼，冰鲜的黄花鱼。”

拎着两瓶绿茶，从供销社出来，站在石板路中央，怔怔地发了好一会儿呆。

住在城里，已经习惯了点外卖、收快递的日子，总觉得自己缺少很多东西。

从没静静地停下来，想想，什么才是生活本来的样子。

4

爨舍是两个年轻人合伙干的，据说创业者是老村长的儿子。做过十几年旅游，后来辞职，回村做起了民宿。取名爨舍。已有了三个院子，正在建的第四个，占据古村最高的位置。每个院子都针对不同人群定位、布局，实现统一管理，贯穿统一文化内涵。

一个央美毕业的小妹妹，在我进村后发的第一条朋友圈后面，写了两条长长的评论。

“大二的时候我们在这里测绘，住了一个月，那时候还是个野村，一个游客都没有……”

“我们那时候好惨的，年轻人都出去打工了，留下很多老人家和空院子，满山到处都是巴掌大的蜘蛛，半山那个庙，恨不得连路都没有。村子中间那个公厕，因为太黑，我还在里面摔了一跤……”

小妹妹后面还加了几个悲苦的表情。

现在的村里，几乎也见不到年轻人，村里那条路是1999 年修的。

老村长大力倡导旅游，搜狗百科里的“爨底下村”的简介就出自老村长的手笔。

一对父子，盘活了古村，盘活了村里父老乡亲的希望。

5

我们院的大姐姓“封”，长我三岁，斋堂人。

封姐，干活利索，做饭好吃，性格还好。看着她拎着大桶水，一趟趟刷院儿浇花，一下竟忘了我们是同龄人。

看她扛着一大袋被单上下台阶，总想提醒她，小心闪了腰。

看着她忙上忙下，一晃就过去了三四天。

一听说我们后天要走，她就开始张罗了：“给你带两袋我们自己产的小米，回家熬粥……带两袋野茶，是山上采回来的，上锅蒸熟，晾干的，好喝……再带两包土豆粉，只有我们这儿有，回家给闺女吃，她爱吃，都不要钱……不值啥钱，当是个纪念……”

封姐嘴角上扬，两腮绯红。感觉我并不是房客，是偶然回娘家的小妹。临走前，老大姐总不知给带点儿啥好。

6

山里的雨说下就下。

一声震雷后面，就是爆豆似的雨；三四声雷后，雨声小了些，忽远忽近，像悠扬的晨曲。

20 分钟左右，就像跑累的小毛驴，渐渐收了声，屋檐的流水声更大些。

等屋外彻底静了，披衣出去，山又是另外一副美景，新长出的云，半山悬着。

一切都是静止的。

雀声、水声、风声都为这安静重墨。

迎面慈祥大姨热络地招呼：“干什么去呀?”

“遛弯去!”

自然的，就像我一直都住在这里。

晚上，跟女儿爬上天台，本来是想看雨后的山，抬头却发现了星星。

满天满顶都是，兴奋的血液，充满了头。

问女儿：“看着满天的星，心里想点儿啥?”

“什么也不想。”

是呀，星星把心都填满了，还能装下啥？

带来的茶叶、咖啡和牛奶，全都喝光了，我们也该回家了。

进山是一种逃离，回城是一种回归。

城里的人，总要回到城里去。

带走的除了土鸡蛋、土蜂蜜，还有远山的清净，落满心底的星星。

女人如玉

空灵曼妙的夜晚，一个人独坐在窗边，天穹深邃邈远，蓝色被压在天穹的后面。轻轻地抚摸着手腕上的翡翠手镯，仿佛那是爱人的脸。不去拘泥于什么“灯下不观玉”的说法，拉近了灯，细细地品读着清莹的绿色。光从那绿晕中流出，化作透明的瀑布，轻轻地流向我静静的心田，划过肩臂，可以把它掬于手指间。

这样的夜晚，静、绿贴满了我的眼，时间就像被冻在冰箱里的水不再流动。此时无需音乐，因为再美的乐声都会打扰到这份清宁。与玉结缘已有许久了，常常会感到她是我的母亲、爱人、女儿，早已与我融为一体。

女人与玉是一个永恒的主题，女人因玉而美丽，玉因女人而有了生命。深埋在地下的日子，玉不知经历了多少的磨砺，岁月把她体内的杂质涤出，地壳中矿物质的侵入改变了她的颜色，山体和地壳变迁把她托起，又经了那工匠鬼斧神工的雕琢，它才成了现在的模样。细细想来，一块玉能挂在身上，戴在腕间，这是怎样的一个历程，怎样的一种奇缘。

孔子云：夫昔者君子比德于玉焉。孔子将儒家思想的精髓赋予玉一身，阐明玉有十一德：温润而泽，仁也；缜密从栗，知也；廉而不刿，义也；垂之如坠，礼也；叩之其声清越以长，其终诎然，乐也；瑕不掩瑜、瑜不掩瑕，忠也；孚尹旁达，信也；气如白虹，天也；精神贯于山川，地也；圭璋特达，德也。天下莫不贵者，道也。这十一德不正是中华美德的总括吗？

君子如玉。在我看，女人如玉，最是。

十分爱看佩玉的女人，眼见一个清丽的女子，自茫茫人海中盈盈逸出，刘海齐眉，完美的古典鹅蛋脸，浅笑轻颦，脸颊浮现出淡淡的红润。偶然间，一阵轻风撩起了她的长发，她伸手理到鬓边，露出了她戴在手臂上的翡翠手镯，莹莹的，剔透的白；些许的，鲜亮欲滴的翠。那是怎样的一种美，怎样的一种脱尘。

佩玉的女子，天生应该与茶香、琴弦为伴，万丈红尘惊扰不了她。外面的世界一日千里，天翻地覆，她也仍在室内淡定地烹茶弄琴，不随时间老去。春夏秋冬的轮回与她无关，无法在她的脸上留下痕迹，即使是风侵雨袭，她抬眼间的一笑，仍旧是从前时的明月清风，决不带走半点儿样子。

玉，把她视为生命的一支，无论什么样的心情，只要抚弄一下手腕里的玉，就会把一切的焦灼带走，把一切的悬浮升腾；在与玉年年月月的长相厮守中，渐渐与玉融会贯通，不卑不亢，不忮不求。

“花椒”

女儿从小就爱看《动物世界》，四五岁时，就能一口气说出二十多个恐龙的种类，还可以说出四五十种动物的名称、大概习性，自然的就像从自己衣兜里掏出几块糖。慢慢地，我和老公对动物常识方面的认识都不敢与她较量，怕被鄙视无知。

十岁之前，她最爱去的地方是自然博物馆和动物园。去自然博物馆有三大不变步伐：看恐龙化石，喂鱼，遛狗。“一堆骨头”，她能看半个小时，从楼上到楼下，从左边到右边。在我看来那乱七八糟混在一个池子里的都是金鱼，可她说，“不全是”。去动物园，她一定要把猴子、小羊、孔雀、长颈鹿喂个遍，最后还必须选条小狗，牵着跑上十来圈。

每次从动物园出来，都是日落西山的时候，看着她满脸满头的汗和灰土，我都有百般千般的不解与无奈。可下次她再央求我，我还得提前做好准备，早早带她出门。

那几年，去自然博物馆和动物园的路，我闭眼都能跑到。

后来，上了初中，课外班、特长班占满了她所有的休闲时光，再也没去过这两个地方。我以为她长大了，对动物的兴趣转移了，没曾想小动物一直蹦跳在她的心底，就像那个关于“爱丽丝”的梦。

她时不时炸弹似的抛给我一句：“妈妈，你喜欢小鸟吗?”

“不喜欢!”

“为啥?”

“扑棱毛!”了解她的我，只想把隐患掐死在萌芽里。

“妈妈，你喜欢小兔子吗?”

“喜欢呀!”

她用两手攥拳挡在鼻子下面，眼睛里闪动着渴望的晶莹。

“我喜欢，麻辣兔头!”在我得意的坏笑声中，她像只泄了气的皮球，把头扭向一边，不再理我。

暗示无效，她改成了明示。

“妈妈，明天放学我想去王志安家。”

“干什么呢?”

“王志安家养了只折耳猫，她说小猫可乖了，一点儿也不闹。”

“好呀！我陪你。”

智斗也未果，她就直接提要求了。“妈妈！咱们家也养只小猫吧，我给它洗澡，保证不影响学习。行吗？妈妈!”

三番五次，五次三番，心肠再硬的妈，也经不起这样的磨法，动摇心志的我，却受到了来自四面八方的劝解、阻挠，所有人都举“反对牌”。其中有养宠多年的资深

“专家”，有被宠物染病的受害人，更有牵心挂肺、感同身受的父母。于是，在心底慢慢点燃的火苗就被一盆盆劈头盖脸的冰水浇灭了。

我小的时候，家里养过狗、养过猫、养过鸡，还养过羊。那时候，家家都有院子，也几乎家家都养动物。可，那时候的羊是养来挤奶的，鸡是养来下蛋的，猫是养来捉耗子的，狗是养来看家护院的。

我们家的狗叫“依奴”，名字是爸爸取的，他说“狗”在日语里就叫“依奴”，一直觉得这个名字特洋气。“依奴”生第一窝小狗的时候是冬天，爸爸守了它一宿。第二天早晨，我把还没睁眼的湿毛球，一只只捧出来摆在窗前的草垫上晒太阳，每捧出一只，就用自己的鼻子去蹭小狗的鼻子。小狗的鼻子软软的，还有点湿漉漉的奶香，那味道至今我还记得。

可后来，打狗队来了，“依奴”就再也没有回来。我伤心地哭了好几天。没有“告别”的“诀别”，就像没有放糖的咖啡，苦涩积存在心底。

小动物陪伴了我整个童年。为什么不给女儿的童年一个玩伴呢？专属她的玩伴，不应该给她的童年留下遗憾。

接下来的两三个月，我在养猫和养狗间比较、选择，取舍斗争着。最后，我决定养兔子，主要是考虑兔子的破坏力小，免了我各种茶杯、茶壶粉身碎骨的厄运。似乎也少了天天铲屎、天天遛的负累。

小兔子是在淘宝上买的，500 块钱，顺丰同城到家。

初见小兔子，女儿乐疯了。她说：“幸福来得太突然，完全没有心理准备。”

女儿给小兔子取名“花椒”。朋友戏说：“你们家再养个宠物，就叫大料。”至于，她为什么取这个名，我没问。也许是因为小兔子周身灰棕，又爱团成一团，看着形似；也许，小兔子爱跳爱蹦，像油锅里炸开的花椒一样欢腾；也许，女儿更有深意，认为小兔儿是她枯燥高中生活里一味带劲的调料？谁知道呢？

“花椒”给全家人都带来了欢乐。只要女儿不学习的时候，老公就把它从笼子里释放出来，我们都静静地看着它在地板上东闻闻、西嗅嗅，一会儿钻到沙发、柜子下面掏弄出点儿响动；一会儿陶醉地舔咬着镜子里的自己；一会儿又在空地儿里自编自演一场追逐逃脱的大戏；或者就突兀地在空中来个华丽丽地60度旋转大跳。

单听它夸张地“咔啦咔啦”磨牙式的喝水声，安静的家就填充了许多动听的音符。

几天下来，“花椒”和我们仨都混熟了。除了卧室，几乎每个角落都留下它熟悉的味道。它不再因惶恐而颤抖，也不再躲到角落里一遍遍梳理自己的毛，而是大着胆子追赶我们的脚步。咬咬爸爸的裤腿，叼叼我的拖鞋，或干脆就在女儿的脚边支腿拉胯地一躺。

“花椒”的眼睛会变色，白天是棕色的，像深沉的大地；晚上是红色的，像优雅的宝石。它安静的时候，可以萌化人心；它跳脱的时候，可以驱散愁云。

“花椒”对一切物体都充满了好奇，先用胡须测量，再用鼻子闻味，最后用牙齿咬。触碰，也许是动物和人类认知物体最初、最直接的方法。想想现在的孩子，有多少东西是他们不能眼见为实的，时代进步到可以通过手机、电视、电脑认知世界。可世界对于他们来说就只是拗口的文字、多彩的图片、冰冷的屏幕。当女儿满眼是爱，把“花椒”放在腿上，用双手抚摸它细软温暖的毛时，心底就升腾出一种怜惜的感动。

10 多天的时候，“花椒”开始捣乱了，它咬拖鞋、咬窗帘、挠沙发，还咬断了一根手机充电线。我声色俱厉地喊：“花椒，你再咬电线，我就把你送人。”收拾完残局，转身看女儿拿着苹果干喂“花椒”，手指轻轻摸着它的头，小声叮嘱：“花椒，听妈妈话，不能再咬电线了，知道吗?”有一种丝丝痛痛的柔软不知从哪冒出头来，弄酸了我的喉咙。从此，再也不敢说把“花椒”送人的话了。

“花椒”来我们家已经 20 天了。它依旧不知疲倦、永不停歇地跑着、跳着、咬着，试探着更新的高度。我依旧每天给它刷笼子，给它铲屎，给它喂食，看它傻笑。

很喜欢《小王子》里的一句话：“花儿也是这样，如果你爱上了一朵长在一颗星星里的花儿，夜里看看星空，你会觉得甜蜜。所有的星星都像开了花。”

我愿意为女儿细心浇灌这朵花，不让小羊毁掉，阻止冬天来到，让它开放在女儿满天的星空里。永远!

永远！

后来，“花椒”得了红眼病，严重到我们束手无策，实在不忍心，就把它送还给卖兔子的人。

把“花椒”送走了，千叮咛万嘱咐如何照顾、喂食。不敢与它道别，不敢看它的眼睛。隔壁邻居家的小孩哭得很大声，真希望那是“花椒”的声音。屋子里空空的，拼命地翻书，为了掩盖它窸窣吃草声的幻觉。说好了做它一辈子的“妈妈”，说好的照顾它。我是个坏人！没告诉卖兔子人它叫“花椒”，因为，那是属于我们仨的名字。

蓝色温柔

很奇怪，近些年，结识的朋友多是些开首饰店、服装店的小老板。相似的爱好、品位，让纯买卖的关系变成一种不问出处的友情。如孔子《幽兰》曲般——清雅素洁、静谧悠远。这其中，竟有三个丽江人。

丽江“小和”在北京

小和，纳西族，土生土长的丽江古镇人。旅游学校毕业后，正赶上北京云南大厦落成，被挑选入京参加筹备。三年后，除两名幸运儿外，其余人员均返回原籍，统一安排工作。心有所属的小和，毅然放弃了回乡，留在了有爱有梦的北京。

她去旅行社打工，做导游，一干就是五年。尝遍冷暖，三餐不定，小和第二次放弃了工作，在离家很近的商圈开起了外贸工厂服装店。为人坦诚、眼光独到的她很快就立住了脚，坐拥一批回头客，一干又是六年。她说，这六年，她生了儿子，长了20斤肉，也交到了许多好朋友。每次去她的店里，都会待上一两个小时，经常是抱着一大摞要试的衣服，就坐在小板凳上，两个人对聊起来。

爱听她开怀大笑，爱听她前鼻音很重的“普通话”，爱看她把各色新到的衣服从大包里一件件宝贝似的抖落出来，再把选剩的认真地一一叠好，放回大包。

今年夏天，我和闺密去丽江度假，刚好小和也回家看父母。她强烈要求作为东道主请我们听歌，盛情难却下我和闺密都很不安。她却单纯平静地笑着说那是她家，本来就应该她做东。

回到北京，我们再见，像久别的朋友，像亲密的伙伴。我问她想过回丽江做生意吗？她说，回不去了，已经不适应了。

风一样自由的“拉姆”

拉姆，纳西和藏族的后代，在丽江古城开了15年的服饰店。小店以橘红为底色，分类摆放的服饰都很有民族风，几乎每件衣服上都能找到七个主色，款式大胆新鲜，有种撞击心灵的明快和夸张。

拉姆说，自己是唯一在古城里最早做生意，到现在还只有一家小店的人，她说自己太实在太失败，可在她俊俏的脸上找不到一丝遗憾。

拉姆最早经营的是西餐厅，一口流利的英语就是那时候学的，她说她不会写，只会说，就是因为不怕羞，有胆量开口。

买了衣服，交了钱。我们应邀坐到她舒适的大沙发里，挨着她的长毛狗狗，喝茶、闲聊。

她无边地聊着她两小无猜、坚守至今的爱情；聊她那高大英俊的东巴汉子的老公；聊在北京求学、才貌出众的女儿；聊她如何行走各地，扫货、淘衣；聊她如何因为小店认识了一群趣味相投的朋友……聊着聊着，拉姆棱角分明、美丽依存的脸上，露出了少女般纯真甜美的笑，久久不能淡去。

背包客藏民“多吉”

认识多吉，是在丽江一个下着太阳雨的午后。因为凉爽，我们离开酒店，不想错过美景，就一路被拥挤的人流逼到了一条相对僻静的小巷子里。

没有目的地信步，一阵熟悉的沉香吸引了我们，走进去才发现是个神秘的首饰店，柜台里林林总总，就连四壁也从低到顶挂得满满的。很需要下番功夫才分辨得清哪些是藏银、苗银、925 银，哪些是蜜蜡、琥珀、琉璃。过了好一会儿，才在货物的空隙里看到个东巴壮汉。微卷的头发在脑后梳了个尺把长的辫子，米白色的麻布衣服，胸前挂着串大得夸张的蜜蜡佛珠，手臂上绕着一层摞一层的沉香念珠，左右手戴了五六个粗大的镶着珊瑚、绿松石的银戒指。

这样的人出现在这样的店里倒是和谐。

买的珠子需重新串饰，我们就只能坐下等待、喝茶，闲聊中知道，多吉是藏族人，一年中，有一半的时间在路上。他说他就想要这样的生活，无拘无束，来去自如。

不难看出，多吉一定有许多经历、许多秘密，和他的小店一样，深藏着一种属于飞鹰的自由惬意。

偶然间想明白：这三个人打动我的是一种共有的眼神中偶尔闪现的、与世无争、安然的温柔；是一种深藏于蓝色血管里面属于纳西人跳脱物外的傲然自持；是一种经历过沧桑、人到中年、小富即安的知足。

后记：抖音火了以后，拉姆被后台推荐给了我。她已经是个拥有107.2万粉丝的抖音达人，已经50岁的她开心得像一片阳光，把自己的健身、生活、进货过程展示给大家，每天晚上还直播一些藏族的歌舞，有她康巴汉子的老公，还有美丽安静的女儿。喜欢她常说的那句话“人要活成自己的样子”。

带着爸妈去旅行

记得有一次回老家和爸妈闲聊，我说，去世纪广场也就10分钟，爸妈都说，怎么也得1个小时。恍然间开悟：我的世界是用车轮丈量的，他们的世界得用脚步去丈量。事情想明白了，可心却是酸酸的。

女儿结束中考，会有近两个月的假期；因为工龄超过二十年，我的年假也攒足了15天。

“带着爸妈去旅行?!”想法一出，顿时觉得心底一股热流往上涌。老公立马表示支持，甚至比我更兴奋：“想法太好了，我早就有这样的愿望。只是，我爸妈岁数大了。你既然想到了，就一定要去完成，不然会后悔的。”老公的态度让我更加意志坚定起来。

第二天便进入了策划实施阶段。换新车，原有的轿车不宜出远门。跑了四五家车行，最后选定一款SUV，原因是导购的一个动作：把后排座椅向前放倒，就出现了一张1.1米×1.7米的平床。老爸在2007年做过大手术，腰椎上现在还有八颗钢钉，只有让他一路躺着，才能顺利完成旅行。

置换旧车，办理贷款。没等新车到手，我们已经去市场打好了个1.1米×1.7米的厚褥子。

设计路线，也很费了番精力，带着爸妈和女儿，不宜去偏远荒凉的地方。最后决定南下，最远不超过杭州。

一切准备就绪，却遭到了爸妈的强烈反对。他们列出了十几条理由。反复说："你一个人开车，跑三四千公里，路上没有人替换，万一……万一……找酒店、找饭店、找景点、找线路……全部琐碎都得一个人完成，太累人了。不行！坚决不行！"

我坚持的理由只有一个："趁我还能开动车，我想用车轮为你们量一量世界。"

2015 年 7 月 4 日，我们终于出发了。

第一站 山东济南大明湖（北京到大明湖，433 公里）

上了京沪高速才知道，中国第一批高速公路已经这么老旧了。单向只有两车道，路面多处翻浆。为减少颠簸，只能一脚刹车跟着一脚刹车地踩，车速就没超过 100 迈。

老爸往车里一躺，早就不说"不行"了。一会儿拍拍老妈："哎！老柳，你啥时候坐累了，我跟你换噢！"

出廊坊、过静海、越沧州。中午饭，我们选择的是德州扒鸡。真的是哪儿的特产在哪儿吃才是最香的。

…………

到达济南，已经是下午 4 点多了，找酒店比想象中难。沿着大明湖边找到第五家都没有空房的时候，人都快崩溃了。把半径扩大，终于"捡"到两间房，房间虽不大，还算干净，其中一间的窗户还可以看见湖面。想想，爸妈一早起床就能见水、见柳、见野鸭，就安心了许多。

还有一件难事儿是找吃的。明明记得酒店不远的地方就有个露天烧烤，可走起来全然不是那么回事儿了。几次怀疑自己的记忆力，走了快半个小时，才在婆娑的绿枝后面找到了那家烧烤店。大明湖特产——白藕，简单的凉拌，吃起来脆而爽口，还带着些荷叶的清香。

回酒店时，我要求打车，老爸坚持说，来时我们已经走了大半圈了，往回走，顶多10分钟。好吧，当消化食儿了。哪承想，这一走，就是40分钟。脚都要走碎了，索性往马路牙子上一坐，看着对面“齐鲁周刊”红色的灯牌，哭的心思都有。

回来上网一查，大明湖一圈4.5公里，笑着对老爸说：“你这是带着我们给大明湖扒了层皮呀！”

大明湖因为琼瑶《还珠格格》里那句：“皇上，您还记得当年大明湖畔的夏雨荷吗？”而闻名。大明湖近在咫尺，隔着灰色的墙，能闻到悠悠的水香。

第二天，游趵突泉。曾巩当年定的泉名，如今已不见喷涌的泉水，只有炽白的暴日铺泻。吸取头天“找饭难”的教训，走马观花地绕过“天下第一泉”，我就大步流星地往外走，抓紧时间搜中午饭去。

“菜赢生煎饼卷大葱”在“大众点评”里好评率极高。店内很别致，蓝色印花桌布，墙上挂着黑红色的板画，木本色带着木头结子的桌椅。最醒目的是，进门左手边架着口大煎饼锅，还是电动的，开关一开，锅面自动转起来，摊煎饼的大姨只需用大勺子往锅上淋玉米面糊，另一手推着木制的“丁”字刮板。一会儿，一张轻薄的煎饼就飘起来，落到旁边的大“盖帘”上。女儿第一次看摊煎饼，乐得不行不行的。

吃煎饼卷大葱，得一口接一口地咬，因为“根本就停不下来”。新鲜热乎的煎饼不皮也不脆，有嚼头，不沾牙。葱是整根的，旁边四个小缸式的碗里分别装着酱小鱼、酱黄豆、酱咸菜和大酱。随意把什么卷在煎饼里，都很美味。

老妈卷好一个煎饼就递给老爸，老爸接过来咬一口，就一口啤酒，再吃一口铁板鲫鱼。一会儿，老爸眼睛就笑弯了。老妈说，这煎饼，味正，和她小时候吃的一样。

第二站 安徽蚌埠（大明湖到蚌埠，503 公里）

休整了两天，7 月 6 日，我们起了个大早，5∶35 就从大明湖出发了。路况，并没因为我美好的心情而美丽起来，不停遇到修路并线。过了枣庄，两公里内连着两起大车事故。碎玻璃、铁架子散落一地，不敢多看，握紧方向盘，缓缓通过。还有 50 公里的时候，天，又下起了雨。纷纷的雨，像是来给我们洗尘的。路面被雨水打过，有点儿湿滑，压着车速，慢慢地开。

12∶40，我们终于到了蚌埠。下了高速，打开车窗，一股透心的凉气，瀑布似的流淌进来。

提前订好的万达广场 58 平方米公寓式主题酒店，让“旅行团”皆大欢喜。每个房间都有 58 平方米，简单家用电器一应俱全；每个房间都有一个主题，一个满墙棕色壁纸，一个整屋海洋世界。

老板娘，一看就是精明的江南人，人长得精致，说话声音也好听。她说她的客房天天都是满的。

爸妈高兴得在房间里来来回回地溜达；女儿嘴上没说什么，盯着架子上成堆的毛绒玩具，眼睛里全是笑。

翻遍了每个人的皮箱，也没找到厚衣服，就连一双带帮的鞋都没有。谁能想到，七月的南国，会遇到这样的天气。

好在，楼下就是商场。我和女儿半个小时就收获满满地回房休息了。一个半小时以后，爸妈才回来，拎的大包小包里没一件衣服，全是吃的。坚持说着他们的道理：“我们的厚衣服都够。买点儿吃的，咱们晚上就不用再出去吃了，这么好的房间，应该好好享受一下。”我又急又恼，想起鸡西大姐说的一句话：顺，才是最大的孝。

“好吧！太好了！我们就在房间里吃。”

第三站　安徽黟县西递（蚌埠到西递，439 公里）

7 月 7 日，7:09 我们又出发了，这次的目的地是我预先设计好的——西递。

两年前，和女儿去过宏村，一下就被那里的“马头墙”勾走了魂。女儿写生，我喝茶，村子里一住就不想走了。女儿说：“这个地方太美了！妈妈，咱们什么时候再来？”所以，这次，就把南下的目的地放到了安徽。

朋友琳的客栈开在西递，听说那是比宏村更早的古村落，很多人还保持着原始的生活方式。北京出发前，我就和琳订了房间，说好了要在那儿住上四五天。

从蚌埠出发，经铜陵长江大桥、太平湖大桥，过紫桐、凤凰等十余条隧道。一路的美景，让我们不停欢呼，老爸不再睡觉了，一会儿支起胳膊看看前路，一会儿又侧着身子点评路两边的风景。

急于到达，高速又一路顺畅，径直前驱，一时竟忘记了老公的"谆谆教诲"："一定多休息，一个小时一定要去一次服务区。"

没想下了高速，就是一水的崎岖山路，路标都是"S"打头的，"胳膊肘弯"一个连着一个。原本有些发麻的右腿，这下可遭罪了。单车路上，处处都是禁停的标志，只能硬着头皮往前开。每转过一个弯，手心里就全是汗。脸上还得故作镇定，因为老妈时不时地会从后视镜里盯着我看。

琳早早就在停车场等我们，帮着拿行李，买门票。跑了 1300 多公里，终于见到了熟人，心里别提多温暖了。

西递用湛蓝的天色迎接我们，琳说："已经有半个月没看见这样的好天气了。"

她的客栈在巷子里，楼下天井的地方改作餐厅。楼梯是实木的，走上去会嘎吱嘎吱地响。琳说这栋房子已经有 300 多年了，除去二楼的地板，其他都是老物件。木雕上有厚厚的包浆，那是岁月给的；门板上有许多裂缝，也是岁月给的。我们住的是二楼最大的套间。里面的小屋就只是一张大床，上面有斜斜的屋顶。

女儿高兴地把各色画笔摆出来，认真画一路的青山。她姥爷手插着兜楼上楼下地走。

晚饭，是琳和帮厨大姐一起完成的，我像在自己家一样，去拿碗筷。吃过晚饭，女儿嘟着小嘴说："妈妈，这房间太闷了，到处有股霉味。而且……"

没到后半夜，我就被吵醒了。木头架子上、房梁上、床底下，一会儿就是噼里啪啦的响声。这时，我才想明白，女儿没说出口的那半句话一定是，她发现这房子里有耗子。不敢再睡了，裹着被，坐在女儿旁边。透过雕花的小窗，外面一色的夜幕苍茫。近处的白墙黑瓦，四角飞檐的白塔，薄雾下远远的青山，都一点儿一点儿清晰起来。

在城市住久了，天天羡慕隐者的宁静致远，物外旷达。真正到了山里，与300多岁古屋相伴的时候，瞬间就惨烈地败下阵来。

早起，说了许多抱歉的话，百般央求不让琳送。拖着箱子走在石板路上，身后是一路的内疚。

第四站　安徽黟县宏村（西递到宏村，18.7公里）

宏村，我们又来了，又住进了两年前的那家客栈。

客栈是个典型的老式徽派三合院，厅堂、侧室、天井都保存完整；青砖门罩、石雕漏窗、木雕楹柱样样齐全。最喜欢他家庭院中央的池塘，里面养着一池大红鲤鱼，老板说池里的水和外面的小溪连着，但鱼不会游出去，他们也从不吃这里的鱼，所以越养越多，最大的已经有十来斤了。他们在临街处又扩盖了两层新房，里面一应陈设都是新的。正合了我这“叶公好龙”人的意。

宏村，美得没边儿。女儿画画，我坐在湖边的竹椅上喝茶。云从青山里长出来，一点点地游荡，漫着垂柳，漫着荷花，漫着小桥。月沼里映着马头墙的影子，游人恍惚于哪个是真的、哪个是影子?

女儿认真地用她的画笔勾勒眼前的美景，真希望她的未来就像她手里的画板一样，可以按她自己的心思选择角度、调配颜色。

老爸找个好活儿了：跟着一队队的旅游团“追尾”。一会儿回来说，刚才那一队是台湾人，个个岁数都挺大，路走得都很快；一会儿回来又说，刚才那一队是欧洲人，解说词里的好儿句话，他都听懂了……老妈跟在他身后走，只是笑，不说话。

第二天中午，接到小平打来的电话：“你还在宏村吗?我一会儿飞杭州，晚上去看咱爸咱妈，等我们吃晚饭!”

“天呀！真的吗？好的好的！一定给你准备一桌好吃的!”

放下电话，半天心绪都没平静下来。人生四大喜之一“他乡遇故知”，可这是“故知奔他乡遇你”呀！除了激动，整个下午，都不知干了点儿什么。

夜色阑珊的时候，小平一家三口风尘仆仆地到了。酒，是好友相叙最好的引子。推杯换盏，互述别情，一唠就唠到了午夜。小平老公早就带着孩子回他们住的酒店了，老妈陪我去送她。捋着南湖沿边走，露水打过的石头路有些湿滑，我们手拉着手。南湖褪尽白日的错落，深邃如一面大镜，把弯月映进了人的心里。

第五站　杭州（宏村到杭州，283 公里）

宏村向东，一路的柔山美水。岳山上是郁郁葱葱的茶树，水岸边有迎风舞蹈的水蓬草。

老妈，拿着纸笔，一路记了 13 个隧道的名；老爸，捧着他那本 98 版的全国地图，比对着线路；女儿扣着耳机，在她的音乐里和着她的山水图画；我偷眼看山看水，小心地把车轮和路面的碾压变成最美的“涛声”。

到西湖的时候，正赶上日落。迎面就是待落的夕阳，红彤彤、橙艳艳地缓缓接近水面，不像别离，倒像是一场相遇。夕阳把余晖揉进了水里，幻成一条条橙色的水波或近或远地浮着，一会儿就把逆光的人和柳，暗成剪影，玲珑神秘。来西湖之前，无数次在梦里，和她说过无数的话，可如今，真的见了，竟羞怯得不知从何说起。

宽阔的湖面那边是隽永的雷峰塔。原来法海用来隔断白娘子和许仙的那个，已经在 1924 年倾圮了，现在这个彩色铜雕的是个仿品。

“三潭印月”就是远远的三个小塔尖，有人举着一块钱人民币与三潭合影。三潭后面的桥上几乎站满了游人，热闹得像个大集市。再往深处去，走着走着喧哗就没了，一条通幽的小路藏在竹林间，青石板路平静而凉爽。沐着竹影，不禁想起欧阳炯那句“落絮残莺半日天，玉柔花醉只思眠，惹窗映竹满炉烟。”

后来才知道，那这条小路名为“竹径通幽”，那亭叫“点翠亭”，那桥为“九曲桥”。

西湖的美就在这里，她是雾，是谜。她存着无数文人、圣贤的足迹；她在无数痴人、醉人的梦里。她藏着那一世“梅妻鹤子”的林逋、“十年生死两茫茫”的苏轼、“剃度出家只为一爱”的许仙；隔着这一世，追逐春晓、风荷、秋月、残雪的我们。

第六站　南京（杭州到南京，274 公里）

出杭州西湖，向西南走，过太湖、苏州、无锡。老爸上车就睡了；女儿一会儿递咖啡、一会儿讲故事，不到 100 公里话语也黏腻起来；老妈接着陪聊，搜肠刮肚地一会儿说一次天气。我再三再四地劝，她也就昏昏地睡了。

车忽然从一个隔点直接进入了瓢泼大雨。雨越来越密，越来越急，后来就像有人从天上直接往下倒。右边的车道，被一辆接一辆的大车占满了，只能开着双闪，跟着前面的小车在左车道上慢慢地跑。每经过一辆大车，整个车身就被卷起的大浪盖住了，好像那水直接灌到了脖子里，后背都是凉的。死死地握着方向盘，死死地盯着路面，眼睛不敢眨一下。

274 公里的路，足足跑了 5 个小时。

南京，六朝古都，十朝都会，被誉为“江南佳丽地，金陵帝王州”。

来南京，首先要去的当然是“夫子庙”。

美食街上各色店铺在夕阳的话别声中亮了起来，游人穿梭于七彩的灯光中，恍如天街。美食街里的小吃能晃花游人的眼睛。灌汤包 20 块钱一个，小盘子装着，标配一支吸管。鸭血粉丝汤，15 块钱一碗，配上多多的醋和辣子，那味道，美极了。还有蟹黄面、小笼包、糖粥藕、酥油饼、豆腐捞……

洒满金光的秦淮河毗邻着美食街。河边红墙上二龙戏珠的浮雕最是抢眼，那金龙流光溢彩，气势逼人。河面上更是热闹，黄篷游船往来如梭，渡人于水光余晖，渡人于盛世山水。正应了那句：“青砖黛瓦马头墙，回廊挂落花格窗。”

第二天早晨，我们和秦淮河一起醒来。水面是蓝紫色的，浮着一层似雾非烟的影子。沿着河边走，能闻到水草和树木苏醒的味道。

第七站　江苏徐州（南京到徐州，332 公里）

跨过南京长江大桥的时候，爸妈兴奋地指导我们看引桥、桥头堡上的三面红旗。40 年前，他们来过这里，这里留下过他们年轻时的脚印。

停徐州，实属无奈。一早从南京出发，就觉得自己不对劲。后背酸胀，头皮发麻。算了算路线，徐州是唯一可停的地方。顺路找了个酒店住下。给爸妈找好了路线，让他们打车带女儿去看看“彭祖”，只说自己太累了，倒头便睡。

第八站　山东泰安（徐州到泰山，269 公里）

徐州酒店只订了一晚，第二天收拾停当，我们又上路了。头依旧疼，背依旧酸，没有力气说话。老妈小心地看着我，女儿也懂事儿地一会儿一问：“妈妈，你需要点儿啥?”

到泰安，是下午 3 点，之前订好的酒店果然就在泰山脚下。泰山像腼腆的少女，把自己藏在云雾的后面，让我们真真见识了“含蓄美”。晚上，看了酒店推荐的“封禅大典”。大典的舞台在天烛峰脚下，山是舞台，天是背景，场面恢宏无比。

第三天，强打精神爬泰山。没承想中巴车和索道间还有那么远的一段路，每走一步都全身酸痛，怕他们看出来，只能尽量往前跑，把他们远远地落到后面。到了山顶，硬风一吹，“就地趴下”的心都有。

好不容易挨到山下，网上搜了个市中心的饭店，一路闷头开过去。三口两口吃完饭，告诉老妈我去对面买点东西。顶着烈日跑过两条街，在一个超市的地下找到了卖药的。买见效最快的感冒药，仰脖咽了进去。又买了盒艾条，一根熏艾用的铜棍。等我快步跑回饭店的时候，三个人都站在饭店门口焦急地四下张望。

“没事！妈，我就是后背痛，买根艾条，回去熏熏就好了。走！上车！”

回酒店，老妈坚持帮我熏艾，她说：“熏后背，你自己不行，别胳膊。”我没反抗，老老实实地趴到床上。老妈坐在床边椅子上，一下一下，让铜棍在我背上有节奏地滚动着。

嘴里不停地念叨：“看把这孩子累的！看把这孩子累的！”念叨一会儿，声音就哽咽了。

转头看，老爸的眼圈红了。我趴着不敢动，因为，脸下面的床单洇湿了一大片。

晚饭，找了家离酒店很近的小饭馆，名叫“老太炒鸡”。店面很小，大部分桌子都摆在门外荷花池边的布棚下面。小店的菜不但味儿正，量还极大，每样都是一大盘。没吃一会儿，女儿喊累，老妈陪她回酒店休息了，我和老爸只能继续留下把盏。

两杯酒下肚，老爸的话密了。“你和你弟小的时候，有几年，咱家的日子过得紧巴巴的，你妈身体不好，总住院。我们一个月的工资加在一起才 80 多块钱，每月还得给你爷你奶邮 20 块。剩下的，过日子费劲儿呀！每个月都得借钱，到了发工资的时候，先还了上个月的债，再换个人借。就这样借了东家，还西家……好不容易呀！可算熬过来了！”

外面噼噼啪啪地下起大雨，布棚下面的食客都拿着碗筷跑进屋里。雨一时半刻也没有停的意思，索性倒上酒陪老爸喝几杯。老爸笑了，接着说："等到你和你弟大一点儿了，你妈身体也好了，我就每个月偷偷地攒 10 块钱。赶上有一年呀，你妈看上辆自行车，飞鸽的，她知道家里没钱，不敢说。我一下就拿出了 144 块钱，买了！你妈当时别提多高兴啦！"

老爸举起酒杯，伸过来碰碰我的杯。"你离得远，不知道，其实……我和你妈呀！现在，挺好的，我们俩一个月工资足够花！你妈上老年大学，我没事儿呢，早晨跑跑步，上午去趟老干部活动室，打打麻将……你小弟隔三岔五就回家陪我们吃饭，现在回家，都是他做饭，真的挺好的……"

老爸声音越来越低，像是自言自语。我端起杯，用琥珀色的液体挡住眼睛。"来！爸！干一杯！"

"你在北京呀，平时上班，照顾孩子、老公，够累的啦！别总惦记我们，不用天天都打电话……"

不知什么时候，外面的雨停了。我和老爸并着肩往回走，回酒店的上坡路很长很长。雨水打湿的桂花，一瓣一瓣从高高的树枝上飘落下来。空气中旋转着淡淡的幽香。

回师：路伸向远方，风景就在身旁

7 月 18 日，我们胜利回师。全程用时 15 天，行驶 3078 公里。到家的第二天，鼻子下面开始起泡，是水晶晶密葡萄式的一串小水泡。第三天，开始发烧，一连烧了四天，嗓子哑得说不出话。

一路上发了许多朋友圈，也收获了朋友们一路的关注与褒奖。有人称赞此行是“壮举”，有人直呼女版“徐霞客”……其实，于我心，这只是一次“补偿”。

身在异乡，不能每日在父母膝旁尽孝，那种牵肠挂肚的自责，有谁能知？和那些每天守在父母身边尽心竭力的儿女相比，这几天的车马劳顿又有什么值得称道？只是，于我，这是第一次；于老爸老妈，这是第一次。

回盘锦，老妈传来老爸手写的诗：

情与行

真诚一片孝女情
心身劳顿为亲情
敬奉父母千般美
老辈尽享万福情
山高路远知难行
水秀湖涟成趣行
相知相得人间乐
依然青春再前行

（爸妈为女儿点赞　二〇一五年七月二十五日）

这是一首藏头藏尾的诗，藏的是：“真心敬老，山水相依；情情美情，行行乐行。”

看着看着，眼泪就打湿了眼眶。

前些时候北大才女王帆的演讲《你陪我长大，我陪你变老》非常火爆。很喜欢其中的几句话：“父母老了，他们比任何时候都依赖我……而且他们能依赖的只有我……我必须把全部的爱都给他们，就像当初他们对我那样……我不应该缺席他们的衰老。”

珍贵的礼物

一年前，单位整体搬迁，我们部门分得了个独立的二层楼。除了洗手间、热水房，还有个二百多平方米敞开式的大办公区。空间大了，大家都在担心，这以后的卫生可怎么打扫呀？

可一段时间下来，我们都发现，办公区总是干干净净的，地板一尘不染，就连走廊的窗台上也没有灰尘，洗手间、热水房就更不用说了。好奇心让我十分想见识见识这个勤快人。

这天，送完女儿上学，我第一个来到单位。在院子里，发现了一个瘦小的大娘拿着扫帚，在扫落叶和垃圾。她弯着腰，一下一下地用力扫着，并不抬头，也不张望。我慢慢从旁边走过，她似乎都没有发现我。

回到自己的工位上，打开电脑、整理杂物、翻弄新到的报纸。这时，有人敲门。“请进！”推门进来的就是刚刚在楼下遇见的那个大娘。

“你还出去吗？”她怯怯地小声问，带着浓重的西北口音。

“您有事吗？大姐！”

听我叫大姐，她胆子大了起来，腰也直了些。“我想拖这屋的地，如果你不出去，我想现在就干。”

“好吧，您进来吧。我不出去了。”

她提了和自己身体根本不成比例的大水桶、大拖布进来，认真地、很有章法地干了起来，不再打扰我。我还在想刚才的问题：这样的年纪，为什么还要远离家乡，来这里打工呢？

等她快拖到我的位置，我早早地起身，挪走椅子，站到一旁，和她唠起家常。她老家在安徽，老伴儿很早就过世了，她和儿子一家生活在一起。原本是她独自在老家带着小孙子，儿子媳妇在北京打工。可谁知媳妇去年得了大病，做了大手术，术后就不能再干活儿了，可媳妇手术花了不少钱，原本拮据的生活就更艰难了，没办法，她只得找了同乡，来这儿打工。

心里一颤，有种隐隐的痛。

“那您得注意身体，这样的岁数别太累了。”

“我们这样的人，干活儿习惯了，打扫卫生是挺不错的活儿，没事！”

上班的时间快到了，大家陆陆续续地走进办公室，她收起了话题，不再闲聊，加速低头干活儿，很快就离开了。

之后，在热水房，又看过她几次。她总是一个人坐在水房唯一的木质旧椅子上，面对着墙，从不回头。我看不见她的眼睛，但我想，对面墙上一定有她的某个希望。偶尔，我会找些小零食，再装作很不经意地送给她，顺便找些话题和她说上几句，她也总会热情地回我的话，可眼神总是躲闪着。

这样，过了些日子，每天早上来单位的路上，都会不经意地想起她，想起她深深弯下的腰，眼角刀刻的皱纹，迷茫呆滞的背影。

一天，天很冷，几乎要下雪了，停好车，我又想起了那个保洁大娘。不由得，独自向单位旁边的巷子里走去，买了两屉热腾腾的肉包子，大踏步地向单位走，脚步很快。怀里揣着热乎乎的包子，心也被熏得热乎乎的。上了二楼，直奔水房，见她正好在，把包子一递，只说了句："给你带的早饭，吃吧！"没等她反应过来，转身就走。空气这么好，我要再出去转一圈。

从那以后，很久都没有再见她。怀疑会不会是自己的同情伤到她的自尊，内心纠结了许久。

直到有一天，我在家改稿，同事打来电话："有个保洁的阿姨找你，要你的电话号码，我没给她。她双手很郑重地递给我一样东西，用红色的塑料袋包着，她说让我一定要亲手交给你，再让你给她回个电话。"我知道一定是她，心里多少有些惶恐。

第二天上班，第一件事就是打开袋子——里面是双手工做的拖鞋，绣花的底，钩花的面，很精致。拨通了便签上的电话，她说她又找到份住家的保姆工作，可以在人家住，还可以多挣些钱。她说我以前经常帮她，她会一辈子记得我，自己亲手做的拖鞋送给我，不知道我喜不喜欢。

手里托着鞋，感觉它很重，重得让我有些承受不起。她的话还在我的耳边萦绕：我会一辈子记得你！

其实，她毫无装饰的朴实，发乎真心的情感，才是我一辈该记住的！

简单，所以纯真地快乐

女儿 10 岁，每日听到最多的是她的笑声，一件很小的事、极简单的笑话都会让她笑个不停，我和老公经常不解地盯着她看，特别想融入她的世界，可我们总是无法同步她的快乐，无法理解她畅快大笑的缘由，经常是相视一笑："这个傻孩子！"

女儿也常被一些事感动，她会轻易地在小区的池水中找到自由的蝌蚪；她会灵敏地听到飞过楼宇间小鸟、鸽子轻微的唏嘘；她会第一时间看到纯净如水的蓝天、棉花糖似的白云、刚刚露出笑脸的小草……她这洞察一切细小变化的纤细令我惊讶，为何？在我看来十分幼小的她却有着如此缜密、精明的心思？

看过《长江七号》之后，好些日子，女儿都爱把两只拳头托着下巴，圆睁双眼，眼珠轻轻转动，一副楚楚可怜样。问她为什么要这样，答曰："装可爱呗！"我一下呆住了，原来如此简单，她只是装可爱，她知道自己在装可爱，她勇敢地承认。可扪心自问，我们没有这样的时候吗，可我们又有几个敢承认。

原来，女儿简单的快乐正是缘于她的简单，她简单到眼中只有纯净，心里只有清宁，她怎能不快乐！在繁杂的环境中待久了，作为成人的我们，神经、视觉都愚钝了许多，见惯了生死，就不为生死所动；见惯了冷暖，就不为冷暖所扰；见惯了留离，就在留离间呆若木鸡……

我们学得越多，越担心无知；越收获，越担心失去；越复杂，越担心简单。在这患得患失间，我们好像就只剩下了忧虑。

人们常说：居心叵测是因为觉得拥有的太珍贵，痛苦是因为觉得失去的太可惜，平和是因为觉得从来不缺什么，浮躁是因为觉得总是少些什么。

谁都想要一种纯净，可怎能纯净：置身物外，才能见物的美；脱了繁杂，才能见简单。让我们简单起来，从而快乐起来！天地就这么大，无限地放大自己，就会觉得天地容不下你；不断地缩小自己，就会发现天地之大，足以任你振翅翱翔！

镜中月，水中花

前些天，坐火车回北京。千挑万选的车次，上车才发现，还是个老式车厢：一半儿正座，一半儿倒座。

我是靠窗的正座儿，面前一个小桌儿，对面一对母女。面面相觑，总有些尴尬，还好我们都有手机。

母女俩，说话一股“海蛎子味儿”。无论妈妈拿出啥，女孩儿都不吃。妈妈与我年龄相仿，头发短短的，细细柔柔地贴着头皮，黑T恤、黑运动裤，T恤上有七彩的水钻。女孩儿长发过肩，大卷儿做得很有型，长袖白色T恤也贴了许多钻。女孩儿一直盯着自己的手机看，偶尔，妈妈凑过来，跟着看一会儿。

“这衣服不错，给我拍一套吧。”

“会不会太花了点儿?”

“你妈我，还有啥是不敢穿的。”

“不是你敢不敢穿的问题，是要看适不适合你!”

妈妈不说话了，转到一边儿看自己的手机。

过好一会儿，又拿出个苹果，问女儿吃不吃。

“我不吃，一般坐火车我都不爱吃东西。”

“好像不是刚才那个人了?”妈妈又凑到女儿的手机前。

“是，她叫×××，前阵子生病了，停了好几天，今天两点开播，我就等她呢……她可不容易了，过敏很久了，看了很多医生也不好……休息了几天，今天才开播……”

女孩儿声音关切，不像在说一个主播，倒像在说一个多年的朋友。女孩儿慢慢地把头靠到了妈妈的肩膀上，盯着手机的眼睛里多了许多温柔。

我把目光从母女俩身上移开，旁边胖小伙儿的手机也放着某平台直播。某平台，前些年就有，今年格外火。某平台开始带货，来自各行业的许多“名人”也加入了带货大军。

前阵子听人调侃：现在手机短信是用来收验证码的，微信是用来付款的，某平台是用来熬夜的。

某平台确实可以用来熬夜，可以在不经意间打发掉你所有的闲暇时光。

前一阵子，我也这样。恨不得早起睁开眼，第一件事就是翻看直播卖货。一看，几个小时就过去了，还不敢不看，似乎错过的并不是一支便宜的口红，一套神奇的面膜，而是整个世界。

有的直播间，隔几个小时就换个主播，而我却不敢休息，甚至走路、吃饭都拿着看。那段时间，一次买过三瓶500ml的卸妆水，我这个平时不怎么爱化妆的人，只为了图个便宜。看着收到的三大瓶，就想问自己弄这么多，是想喝吗？还买过同款的六盒面膜，只因为主播说第一盒69.9元，第二盒29.9元，第三盒免费送。看着到手的六盒面膜，都想问自己到底长了几张脸，要贴到什么时候去？

终于有一天，我通红着眼睛，头晕脑胀地卸载了这个软件。

我才又慢慢看清楚了书上的字，才又把书翻到了第二页、第三页……

玩物丧志，是句老话。现在人，很少玩物，因为每个人手里都有部手机，每部手机里都有许多APP，足够消磨掉所有的“志”。

当然，并不是说某平台不好。正是因为它做得太好了，把人的心理琢磨得太透彻了，才让人一个接一个地看下去，多少人放不下，多少人停不了。

况且，它对社会贡献也非常大，短时间内就拉动了内需，挽救了许多企业和个体小商户。

但凡事都要有个度，要不然，下一个该救的就是自己。

火车快进站了，《安妮的仙境》在车厢里回荡，述说的是“谁说天堂一定在远方”。车轨两边的电线密集起来，远远可以看到国贸三期的大楼了。

许多人背上背包在走廊排起长队，妈妈一会儿一问女儿，是不是该把架子上的行李拿下来了。女孩儿说，不着急。眼睛却一直看向窗外，似乎她等的就是红砖站台的“号令”。窗玻璃上映出她美丽线条的侧脸，发间有几丝白线。

在山水间呼吸

绿色葱茏的季节，约了些朋友同去踏青，过了京密路一直向北，就看见了那久别了的浓绿。汽车沿着盘旋的山路爬行，俯瞰山下，是浓绿的山，被山围成安静的湖水。听司机师傅说：那便是密云水库了。北京市的饮用水多出自于此。远远望去，那水墨间的山水，并不比千岛湖逊色。这水墨让我想起母亲，想起生命的源泉。

久居城里的人们，多半是爱这山水的。那山水背后，雾气中的是无数美妙的清新与俊美的自然。这与人造的钢筋水泥有着天壤的区别，这是生命的本真，是无法言语的天成。大大地打开鼻翼，想象着那和着山水气息的负离子，就如一股股轻烟一下子冲入鼻、冲入脑、冲入心底。幻化成无数清凉、纯正的氧气滋养着我们的身体。

那一刻，生命就在这一呼一吸间，升华美丽；那一刻，身体就在这一呼一吸间，蜕变重生。

自然是一种本真的境界，只有回到自然的山水间，我们才在回归中找到快乐。难怪孔子曰：“智者乐水，仁者乐山。”山水带给人的快乐似乎是与生俱来，从来不需要想起，永远也不会忘记。

城市的压力常常会让我想起什么是安宁：高山仰止，

小桥流水。那是一种禅定的世界，是世人追逐的高度，可在雾霭沉沉的世事，心如止水，又是多么的艰难；那禅定又是多么的幽远。我们不能像大师那般把融入变成自然，让溪水汇入心田。也不能任由自己，就在这出世入世间迷离、游荡。

在山水间呼吸，用这清澈的溪水刷洗你心里的浮尘，再去回归你物的自然。闭上眼睛，想象自己是一只展翅在山水间飞翔的山雀，飞过绿叶的低语，飞过山间的小溪，飞过嬉戏的壁虎，飞过羞涩的露滴。飞翔过后的心灵会像那水洗过的蓝天，清澈间无一点一滴的杂尘。

在山水间呼吸，用思想的火去焚烧那些无益的积存，把它化为一缕轻烟，就留在这山水间。

在山水间呼吸，呼吸快乐，呼吸自由。把你记忆的硬盘部分格式化处理，让它有足够的空间再去积攒、储存，那山水间的清新空气……

一片冰心在玉壶

陪女儿去文具店，赶上店老板是一对善谈的夫妻。买个本的空儿，老板说，自己的孩子开学上初一，一个班20多人，只有6个孩子是北京人，其他都是外来的。他说："这北京快成了外来人的世界了。"颇有些"火星人占领地球"的既视感。

据统计，北京常住人口中有三分之一是外地人。

其实，随便哪个城市，又有多少真正的"土著"呢？

人言落日是天涯，望极天涯不见家

我的故乡按老理说是兴城，那是太爷爷、太奶奶奔波坚守的地方，是爷爷、奶奶起家落户的地方，是父亲成长求学的地方。那里有我们家的祖宅。如今，那老屋虽已易主，但童年场院、水井、灶台、门庭、关于夏乐冬趣的所有记忆全部都在那里，和四方古城、斑驳城墙、石板小路一起埋在了记忆最深邃的地方。

据说我们祖上，是从升管屯迁到兴城的。太奶奶姓陈，是大户人家的闺女。太爷爷不会务农，做过些小生意，中间还去过黑龙江青冈"住地方"。后来又迁回了兴城，先是租房子住，到了爷爷顶家立户的时候，才东拼西凑了些钱买下城里的房子。爸爸说那房子根本不能算大，可在我眼里：东西两间大房，炕头两根红漆大柱，跑不到头的前院，后院中废弃的斑驳家具，杂草中圆圆发亮的“黑天天”，屋檐下的燕子窝，门檐上幽暗的黄灯泡，木门上的一对铜制的圆环，弯拐角的铁门闩……那一切，简直就是我儿时的天堂。

后来，爷爷奶奶年岁大了，城里生活不方便，就用卖祖屋的钱，在城外换了套还算很大的楼房。

爷爷今年过世了，与奶奶离世相隔六年。六年间，父亲他们四个兄妹轮流陪伴照顾老人。让年近古稀的父亲奔波于归乡、离乡的路上，于我们实在是无奈的不忍。可父亲总是说：“这是件幸福的事儿！真希望等我80岁的时候，还可以去照顾100岁的老父亲。”

爷爷平静安详地走了。父亲说他再也没机会回老家了。对于父亲来说，他在血缘上、心底里更加有归属感的那个家，没了！

近乡情更怯，不敢问来人

高中毕业23年，前些日子，有人拉了个微信群，没承想不到三天就聚集了46人。大家最关心的话题是：“你在哪儿?”全班54个人当中，8个在北京、2个在沈阳、3个在深圳、1个在广州、1个在哈尔滨、1个在大连、1个在吉隆坡。三分之一的人离开了父母，离开了当年青春为伴一起读书的地方。

恢复联系可以借助现代全球覆盖的网络，可再见却很难。大家交流得异常热烈，只要你 24 个小时不看，这个群就会有上千条对话，直把你手机刷爆，眼睛看花。

前些天，深圳的岩出差回辽河，十几个同学聚了一把。岩举杯时说：“一个人在外面，经常会觉得孤单，今天终于回来了，回家的感觉真好！”话音未落，在场的男生同声唱起了王杰的那首老歌：“回家的渴望又让我热泪满眶，古老的歌曲有多久不曾大声唱，我在岁月里改变了模样，心中的思念还是相同的地方……”尽管不在现场，可视频里的交错声影，让我好似身临其境，止不住热泪满眶。

吉隆坡的丽、在伊朗采石油的伟、常驻吉林前线的明、深圳的岩、哈尔滨的燕子、沈阳的蓉儿、北京的楠，这些“异乡客”是高中群里的“常客”。一张图片、一句问候，哪怕只是抢过来又发出去的“红包”，都能把故乡拉得近些，更近些。同为异乡客，更懂得他们的牵挂在哪儿。

安得如鸟有羽翼，托身白云还故乡

2008 年，随着企业重组到了北京，过了一年多租房的日子，漂泊无依就是那一年的心理。2009 年，贷款安家，也就此加入“房奴”的行列。

一晃七年多，女儿从小学三年级到高中，完全适应了北京的生活，在她眼里，北京就是家乡。

经常有人问我：“你是哪儿的人？”每次都很茫然，出生在宁夏，在那里，用 12 年度过了童年；成长在辽宁，在那里，挥霍了24年青春；生活在北京，不知会是多少年，会不会还有下一个驿站。我究竟是哪儿的人？真的说不明白了。

朋友圈里，还有人过着周末才能夫妻团聚、父母膝前尽孝的日子，把动车当“班车”，用所剩无几的青春抚摸560多公里的铁轨，用头枕、马扎抚慰颠簸的归乡之心。每次看着他们疲惫的身影都会跟着生出几许不安、几许恻隐。或许，当人们习惯了奔波，也就麻木了生活。

初秋的北京，处处惊艳——透透的天，皎皎的云；轻轻的风，曳曳的柳；碧碧的水，幽幽的山。七彩的颜色里，涂抹的是秋意，更是浓浓的乡愁。

故乡，在远方。思念，和路一样长

纳兰在江南时感慨：“故人故乡及我故乡”。触摸着古人开朗的心襟，狭隘着顾自局限的情怀，我只能无数次向着故乡，吟咏着当年的柳永：“不忍登高临远，望故乡渺邈，归思难收。”

又见蓝天

连续几天，北京出现了以往少有的蓝天白云，美呆了许多人。

大朵大朵，纯白透亮的云，被风翻扯变幻着关于美的各种姿态，凭你去联想、比拟。它们依旧怡然雍容地款步游移。

天，幽蓝成一色，无限延展、无限开阔、无限耀眼。人们的心都飞翔起来，随处可见驻足呆望、举着手机寻找最佳拍摄角度的人。

路口绿灯开启时，经常有司机会慢上几秒起步，后车也不计较，留恋于天色，彼此多了许多宽容。这样的时候，再拥堵的路况也堵不了已被蓝天开阔了的人心。

昔日，朋友圈里晒娃、晒脸的狂魔们，也都比拼着持续晒起了蓝天。有人叫它“水洗蓝”；有人唤作“儿时蓝”。

有个朋友连发了两天“蓝天白云”，配文最是有趣：“好几天了，北京的蓝天让朋友圈变得疯狂……不发，都不好意思说自己在北京。”

不承想，儿时传唱的“蓝蓝的天上，白云飘”，再见时，我们竟有种想哭的冲动。

以往，人们对美的认知，都各有角度，各有落点。比如：有人爱老舍，爱他文学语言的朴实无华，幽默诙谐，发人觉醒，尊他为“人民艺术家”；有人爱鲁迅，爱他以笔代戈，战斗不息，为猛士呐喊，敬他为“民族魂”；有人爱张爱玲，爱她那能直钻入人心的文字，能付与文字以生命，爱她的超脱物外，称她为中国文学史上的一个“异数”。

如今，这蓝天把我们对“美”的解读都统一到了“抬头一观，不忍移开”的情状。

在刺目的阳光下，望着深远的蓝天发呆，忽地明白：原来天气对人的心情会有如此巨大的影响力；原来蓝天才是美景的最终主宰。

这样的天，你可以无限地延伸手臂去拥抱；这样的天，你可以使出吃奶的劲儿把胸膛灌饱；这样的天，你可以肆无忌惮地放声大笑；这样的天，你都没有理由抱怨、烦恼。

午餐时间，大家聚在一起感慨蓝天。娜娜说，她儿子快三岁了，昨天才认识“云”。昨天，她带儿子在外面玩儿，有架直升机在天上飞，她叫儿子看：“快看！那朵云后面有架小飞机。”儿子问她：“妈妈，什么是云？”娜娜讲完，大家都笑了，笑完，又都觉得有点儿心酸。淡淡的、浓浓的，像拉成丝的云。

今天，一个在深圳的闺密在朋友圈分享了个笑话：北京综合征，又称为蓝天综合征。主要临床表现：为一遇到蓝天便心情愉悦，兴奋不已，舒适度爆棚，幸福感大增，并伴有呼吸畅通，心律平稳，爱出门拍照留念、发朋友圈等异常行为。好发于长期居住北京饱受雾霾折磨之群体，短期内尚无有效疗法。

好一个“尚无有效疗法”，我们真不想被治愈。就让北京的天一直一直一直蓝下去吧！

一方水土一方人

女儿三岁学画，儿童画、水粉画、国画、素描。一路习来，不知从哪天起，竟爱上了日本动漫。也许是从《千与千寻》《龙猫》《天空之城》，也许就只是因为宫崎骏。

眼见她对日本动漫的喜爱到了痴迷的程度，甚至对日语也无师自通，几次在“闲谈”中表达想去日本，想去看看真正的动漫是什么样子。

我动摇了，虽然心里百般抵抗，但，我也清楚地明白“眼见为实”的道理。

于我心有戚戚焉

于是，我们出发了。首都机场 T3 航站楼的宏伟再次震撼到了我：它的穹顶是遮天蔽日的壮观，有种压倒一切的气势。

我们是北京时间 14:30 起飞的，全日空航空公司的飞机。经济舱 4 个空姐，只有一个会讲中文，又恰好没有被我遇到，点饮料的时候，还对付得过去，起码茶会说，分餐的时候，连比划带表情，要了份饭，打开一看是芝士焗鸡肉米饭，再看旁边的日本人吃的是面，只好在心里悔恨。再过一会儿，好不容易那个会说中文的空姐经过，我礼貌地叫住她，说明我想要个靠垫，我的腰不好。她想都没想就回答我说："不好意思，都发完了。"那过于礼貌的口气和眼神怎么都让人觉得心寒。

低头隔窗看海。幽兰空旷的海面上，有一艘狭长的橙色轮船，像只漂浮的集装箱，突兀得让人有种感同身受的孤独。

飞机压着云，临着海，飞着飞着，就丢了一个小时，眼见着红日从云海中陨落，转眼就是黑暗中的灯火阑珊。

天黑了，飞机在大阪关西机场着陆。

取了行李，走出候机厅，清冽冽的风就迎面吹过来，虽然凉，却不割脸。眼见的一切都干净得刺目：柱子反着光，车身反着光，就连推行李的小车儿也是锃亮的。路两边，枯树的枝叉上捆着密密的紫色小灯，有种诡异的浪漫。

酒店的房间小得可怜，躺在床上伸手就可以够到窗帘，伸腿就可以碰到电视，床前的小桌子，竖着摆不开一张 A3 纸。

局促，就会让人慌张。

和女儿商量再三，还是决定出去逛逛。诱透气也是好的，还可以找点儿吃的。

街道干净得像罕有人迹的小人国，一切都是缩小版的，偶尔匆匆的行人，女孩儿都露着一截大腿，互相道别的男女不停地鞠躬，不停地点头，害得人都有种跟着频频点头的冲动。

和女儿信步走在干净的马路上，一时不知是走左边好，还是右边好。走了四五百米，有家便利店，再往前走，左右两家挂着红灯的酒馆，踌躇了半天，选了家看似人多热闹的。

拉开木质拉门的瞬间，问候的敬语就不绝于耳，我只有频频点头。待心情平稳后，才知道问候声都来自于热气腾腾的操作台中间。一个凶巴巴的典型日本中年男人在案板、烤炉间匆匆移步；一个忙碌的小伙子背对着门，看不清脸，单从瘦削的肩来看，就能判断是个勤快人；一个浓妆的漂亮小妹，微笑着高举手臂，示意我们找地方坐，只是那笑容过于职业了。

环顾一周，小酒馆也不过百十平方米的空间，座位安置得有序而紧凑，九成的座位上都已坐定了食客，热闹却不很喧哗，各种形态，各种组合。

思量再三，我们选定了操作台一圈的条形吧台靠墙的两把空椅子。一是因为便于点餐和观察；二是因为这地方于我心应该是相对安全的。

一句日语也不会的我，只有鼓励女儿说，她的日语是动画片里听来的，未曾真刀真枪地用过，可能是因为没有了依靠，少许，她就大胆起来，与浓妆的漂亮店小妹一问一答，有板有眼。听起来十分热闹。这才仔细看看那妹子的脸，厚粉下面凸凹不平的皮肤，让我联想起，宇航员发回的月球表面的黑白照片。

正经点了三个像样的菜——两只烤螺片、酱油烤茄子、生吃赤贝。每道菜都很精美，烤好的螺片码在海螺壳里，上面撒着细碎的香葱，还配着一片柠檬，半叶生菜；烤茄子总量也不过半个，稀松地摆着，上面撒着如铅笔削一样轻薄如蝉翼的木鱼花。

菜上来了，开动吧！可举着筷子的手犹豫了，这精美如艺术品的菜实在难下筷，一盘菜，也就够东北人的一个筷子头。是我们行情不熟，点少了吗？用眼睛四下扫扫，推杯换盏的日本人桌上摆的也都是这样的量呀！于是搛起来，抖抖，再松开，再搛起来，怎么这盘，也得搛个十回八回，才叫斯文呀！干脆吧！一片片夹，搛起一片，用左手弯成弧，接着，不是装干净，真是怕少得可怜的食物，在半空中掉下个渣儿。

入口的感觉是极美丽的，螺片 Q 而不韧，鲜而不腥；茄子香糯可口，有天然的回甘，堪比刘姥姥嘴里的“茄鲞”了。因为少，所以嚼得格外仔细，不忍把一丝一缕存留在牙隙里。就连旁边配的细细的萝卜丝我们都吃了个干干净净。

肚子里略有些底了，就左顾右盼起来。旁边坐着两位大叔，比韩剧里的大叔略老，却更斯文拘束。两人除了喝酒、抽烟，很少吃菜，起初是流利的几乎耳语的日语，第二杯啤酒下肚，他们的话，我开始能听懂了，原来是两个广州人，那我们刚才费力地与店小妹的交流，他们是句句明白的。

再环顾四周，热气和烟雾几乎弥漫了整个小店的上空，这满屋子里飘摇着的呓语，似乎更加刺耳了。

逗留，已无兴致。于是，结账，离开。回身拉上拉门的一刻，有种奇怪的释然。

街道比来时更安静了，晚风有些冰凉，回酒店的路并不长，路边并排两个停车场：一个停电动自行车的，前轮都整齐地插在有锁的卡槽里；一个停汽车的，几乎都是日产小型车，停放得整齐有序，像图书馆里分类摆放的图书，可总觉得少了点儿什么。

路两边都是木质的住宅，木栅栏、木拉门，斜屋檐，每家的门边都有盏幽暗的灯，偶有一家门口挂着铁质的槽子，整齐地摆放着盆花，叶子都是一水的葱绿，少有花朵。

过铁路闸口的时候，回头看了一眼，铅锤似的黑夜里，静寂的街道，静寂的斜檐木屋。仿佛就是一幅动漫画，就是宫崎骏笔下千寻那诡异的小镇木屋。

冷吟不尽兴悠悠

第二天早餐，是酒店备的自助餐。导游一再叮嘱我们要吃蔬菜，因为蔬菜十分新鲜，绝对有机，绝对不含农药，好像我们都是被农药喂大，急需这样新鲜的食物来解解肠毒；还有就是一定要吃纳豆，降血脂、降血压、排宿便……总之，就是好处无穷大也。

托着餐盘转了一圈又一圈，也没取几样食物，再看女儿的盘子，里面的东西更是少得可怜。再转一圈，才发现一个问题：他们的食物几乎都是冷的。冷的生蔬菜、冷的烤鱼干、冷的香肠、冷的水果，唯一有点儿热气儿的是电饭锅的米饭。挂满水珠的牛奶、果汁壶旁边都放着一大桶的冰。单只看着，心里都冷得打战。

没勇气喝哪怕是不加冰的凉牛奶，更没有胆量让我的胃去触碰冰冷的果汁，哪怕它是用王母娘娘的蟠桃现榨的。于是，只能去按了杯咖啡，虽然平日空着肚子是万不敢喝的，可如今只为了个热，我也忍了。

第一站，神户港。下车就被轻冷的非雨非雪的细碎颗粒飞雾包裹了。颗粒从四面八方扑来，雨伞是挡不住的，不一会儿羽绒服就被洇湿了。

港口小得可怜，一眼望去，还不如海南石梅湾的一个小码头，顺着石板路走，草是绿的，树也是绿的，这里的植物也和日本人一样顽强、耐寒。

第二站，“南京町”的唐人街。也是缩小版的，路窄，两边的店面也窄，我们当然不会对小笼包、叉烧肉、炸酱面感兴趣。指着一个牌子问女儿：“这个河豚应该不错，要不要尝尝?”女儿笑说：“妈妈，‘豚’在日语里是‘猪’的意思。”哈哈！太可笑了，没文化真可怕呀！

一个用卡其蓝布装饰的小店吸引了我们，店内装饰一应是日式的：木质的货架、木质的柜台。店主是个瘦小的、穿着和服、踩着木屐的日本老人，一脸和善地和我们打招呼。有了昨晚的小试牛刀，女儿不再用我鼓励，就和老板对起话来，只见他们有来言，有去语；有点头，有弯腰。看得我是心花怒放，听得我是一头雾水。为了不打扰了女儿的热情，我独自在四五平方米的小店里转起圈来，不时用眼角余光扫着他们。

儿番交流之后，女儿买下了盒上印有熊猫图案的软糖，虽然这东西在北京随便都可以买到，可在这儿意义却大不相同。

走出店门，我的好奇心再也按捺不住，不停地问女儿："你们都说了点儿什么？他说的话，你都能听懂吗？"

女儿绯红了脸："只是正常的交流，问问他这个东西多少钱，有多少粒，还有别的包装吗？还有……就是他问我的日语是在哪儿学的，夸我说得很标准……"

"太好了！这就是最大的收获。"

走出"南京町"的路口，心里特别畅快。觉得道儿也宽了，天儿也晴了。

第三站，东大寺。据说是世界上较大的木质建筑，我对它初建于什么天皇时期、为什么建的、寺里供奉了哪个佛，都不感兴趣。在我看来，那不过是个两层的木质飞檐房子。

来时路上那成百上千的"神鹿"牵着我们的心，让我们无力逗留，似乎是飞跑出来，直奔卖喂鹿饼干的小棚子。拿上饼干的瞬间，一大群"神鹿"就将我们团团围住了：有点头的，有叼衣襟的，有扯袋子的，有干脆用头顶的。

现场十分混乱，让我们哭笑不得，生怕被这一群鹿掀翻在地。跑吧！一边跑，一边快速地撕开饼干包装纸，拿出两片，把其余的塞进包底。

那鹿有一直跟来的，也有转身离开的。我们跑到个相对安静的地方，一边喘气，一边掰饼干，捏着个小角，引鹿来吃。

这个季节，鹿正褪毛，身上多是些斑秃似的圆点，不见鲜亮的毛色。其间有一头小鹿，角已经被从根部锯掉了，还把断茬处扎出两个花，很像中国古代的丫鬟头，让人又怜又爱。

不一会儿，女儿就和小鹿混熟了，用手摩挲着小鹿的头。一会儿，又慢慢蹲下身，用两只手臂环着小鹿的脖子，把头轻轻地贴上去，小鹿也不躲，用耳朵轻轻扇着女儿垂下的辫尾，似乎还在用漂亮的丫鬟头蹭着女儿的头。不知，女儿和小鹿说点儿什么，小鹿那黑洞洞的眼睛里似乎还闪过一丝晶莹莹的光。我默默地站在一旁，用相机留下了这美好的瞬间。

午饭是在山上吃的，日式套餐，这回除了饭，还有个热汤。据说这样的餐是单为中国人准备的。

上山的路上，零星有许多鹿独自悠然地走着，并不像路人索食，女儿也没再多看一眼。

下午是“新斋桥”自由购物，同团的几个同龄人异常兴奋起来，不停向导游询问哪个店里可以买电饭锅，哪个店里可以买南部铁壶……一对来自天津的夫妻最引人注目，显然他们是做好攻略来的，说起什么来都头头是道，什么牌子的裙子应该在哪儿买，什么牌子的保温杯最好。同团的几个六零后大姐一时竟把他们当成了百事通，兴奋地大声聊着。

讲了集合时间、地点，大家就各自散了。眼见着天津夫妻飞奔而去。

我们没有计划，左看看右瞧瞧，悠闲地逛着。这个“新斋桥”还真大，比任何一个景点都气派，人多如过江之鲫，放眼一望，多一半是中国人。

我和女儿事先讲好的：除了吃的玩的，我们尽量不为日本经济做贡献。

在人流中走了个把小时，女儿就嚷着累了饿了，要找个地方吃饭。这也正合了我的心。

街两侧多是面馆，要么就是海鲜。于是，我们径直往巷子里面走。找了家极僻静的寿司店。女儿点餐，我在一旁偷眼看着：操作台后面，几个戴着白帽子，穿着白衬衫、白褂子，打着领带的日本大叔，个个紧拧着眉毛，嘴角耷拉成“八”字。不知他们是为寿司发愁，为食客发愁，还是为自己的生计发愁?

点餐的大姐倒是一脸微笑，经典的日式微笑。店里食客很多，却不闻嘈杂，大家多是不语，或是耳语，空气沉沉的。

寿司很新鲜，却冰冷得拔牙。

我们提前到了集合地点，不见几个同团的人。过了十几分钟，被告知有几个人迷路了正在往回赶，要等人齐了才能叫车来，因为这个路口不让停车，大车只能即停即走。所以我们在寒风足足站了四十分钟。

最后回来的六个人中就有那对天津夫妻，只见他们面有愧色，却两手空空。

不是人间富贵花

第三天，我们住在“滨名湖海景温泉酒店”，到酒店时，天已黑了，门廊两旁，立着五六个旗杆式的柱子，上面蹿着高高的火苗，远看像风扯拉的橘红色彩旗。大家都忙着拿行李，导游忙着在前台登记名单，取房卡，没有人来破解我的狐疑。

房间“大得惊人”，是我们此行最敞亮的一个。门厅可以并排站两个人，上了台阶就是真正的日式榻榻米。地上阡陌排着豆绿色的稻草垫子；左边靠墙是两张足有1.2米宽的大床垫，上面一应被褥都是雪白的；两个蒲团围着张地桌靠右墙摆着；正面是绛紫色大绒落地窗帘，雪白窗纱。拉开窗帘的一刻，我们惊到了——外面有个大阳台。忙忙地推开拉门，一股冰凉的咸腻腻的风就扑面而来，宁神望去，前方是茫茫的一片，远处有点点的光，稍近的地方是个“开”字形的架子，水光映出架子的倒影，那应该就是“鸟居”了吧。

凭直觉这茫茫的一片应该是海水，可它平静得让人心慌。深深吸气，捕捉想象中海水的咸腥，可，没有；再吸气，还是没有。也许日本海干净，没什么异味？

兴致一会儿就被寒冷吹散了，跺着脚把女儿拉回了屋子。

晚饭之后，是泡汤，听说日本人泡汤是不让穿泳衣的，我并不想与人坦诚相待至此，更不想应这个俗，于是决定带着女儿去观水赏月。

水边无人，静谧得听不到一点儿声音，也辨不清海滩的颜色。我三两步走到湖边，沾了点儿湖水，放到嘴里尝尝，是咸的，应该是海水，虽然暗，但我看得出女儿惊愕的表情。

“怎么了？实践是检验真理的唯一标准。你不尝，又怎么知道葡萄是酸的？”

“只是，妈妈，你这样做总是让人有点儿吃惊！”

“是吗？还有更吃惊的呢！我们沿着水边跑跑步吧！”

话音未落，我已迈步了，边跑边笑。回头看时，女儿已跟上了，我知她是不情愿的，她向来喜静，只是因为这黑漆漆的水边，一个鬼影子都没有，跟着我，是她唯一的选择。

看出她的心思，我的脚步更快了些，可只一会儿，就气喘吁吁了。不再逞强，站定，叉腰，喘粗气。她却没多大反应，年轻就是好呀！

踮脚伸臂去拍她的肩：“怎么样？跑跑很舒服吧？”

“我倒是没什么，只是妈妈这么跑，腰受得了吗？”

心想这个小兔崽子，这算是报复我吗？狠狠白了她一眼。

甩开大步继续往前走，一边再伸伸胳膊，转转腰，几番折腾下来，觉得肺大小泡里都灌了满满凉爽的新鲜氧气，头皮都放松了，疲累了一天的四肢也舒畅了许多。

抬头，月亮是圆的，和中国的一样明亮洁白。

回国后，上网搜索才知道：那片水叫“滨名湖”，是一个内陆的咸水湖，是地震震塌了湖坝，海水内灌形成的。

因不知，而尝试，其结果也许是更深刻的。哈哈！这算是我为自己当年不认真学习地理而做的开脱吧！

次日，离开温泉酒店的时候，细雨霏霏，大巴车窗斑驳的雨珠后面是静静的湖面，静静的椰树。一时，竟迷了我的眼。

沐着细雨，我们向富士山出发了，一路上导游就似有先知的碎碎念：“富士山，又叫‘神女山’，是很难一睹真容的……我带五个团，有一个团能看见就已经很万幸了。”

来日本当然是想看看富士山的，这就和去北京一定要看看天安门一样。隐忧，在心里滋长蔓延着。

大巴车一路上坡，走了一个多小时，车厢里的空气渐渐清爽冰凉起来，细闻闻，还有种淡淡的幽香。当我们回过神来，山坡上、路两边已是白茫茫的一片。急着叫女儿快看窗外，急着拿手机拍照，“大涌谷”“黑鸡蛋”“富士山”通通抛到了脑后。

导游和旅行社几番交流、协商，最后的结论是：“富士山上不去了，只有转路去‘忍野八海’”。

忍野八海，是富士山雪水融化后汇集成的八个小池塘，“忍野”是这个小村的名字。

我们鱼贯下车，置身于雪花的怀抱，瞬间就被美景惊呆了。不忍打伞，不忍隔了久别的相聚。仰着脸，睁大了眼睛，任那漫天漫野的大朵精灵旋转、飘摆、轻盈地落下来——落到发丝里，落到皮肤里，落到心窝窝里。直到雪花沾满了脸，化成了湿湿的一片。不知是雪花融化了我，还是我融化了雪花。

静静地听，雪花飞舞的簌簌声；静静地听，雪花浸入的吱吱声；静静地听，雪花欢笑的哈哈声。那些声音是飘摇的，像是来自于空灵的寰宇，也像来自于干渴的内心。只静静地站着，等这千朵万朵的精灵停下来，住到我的心里。从此，心里便全是安宁；从此，心里便全是眷恋。

脑海里回荡着“未若柳絮因风起”“不是人间富贵花”。

这一刻，我忘记了他乡或是故乡，忘记了自己身在何方，甚至忘记了时光。

拍了许多照片，发了朋友圈，说明只写了三个字：“美哭了!”

月是故乡明

到达东京，是下午5点多钟，天已经黑成了一口铁锅。雨依旧下着，只是都变成了素描里斜排的线。水洗过的马路上反着霓虹灯、车灯的影子，被风和雨迷离摇晃着。远处的楼，刀斧一般直插暗夜，高不见顶。只有低层的灯一排排或缺或全地亮着。东京是繁华得让人有些慌张。

第一站，“新宿歌舞伎町”，导游的解说里有很多含糊的话，很费了番劲儿，我才听懂：这应该是个红灯区。下车前，导游一再强调：不要去掀人家的门帘子，会挨揍的。

既然是这种地方，很没必要带着女儿看，哪怕只是在路中央一走而过。于是，我们找了家卖零食的便利店，辗转逗留了许久。

第二天，是自由行。女儿早已选定目的地："秋叶原"。坐地铁，找线路是个很费力气的活儿，我索性撒开手，由她去。看着在北京都没买过地铁票的女儿，一会儿看地图，一会儿研究售卖机，一会儿又找个老婆婆礼貌地问，我只靠着柱子，悠哉旁观。

来之前，女儿无数次地说"秋叶原"是喜欢动漫的人来日本必去的地方。到了才知道，原来就是由一些小电器店、动漫产品店、电玩屋组成的几条街。

跟着女儿，埋进一个震耳欲聋的曲子，再被一个声振屋瓦的曲子吞没。两三个店下来，心脏都要被炸出来了。第四家店，我怎么也迈不进步，坐在正对门口的铁栏杆上，看着女儿仔细地徘徊于货架间，难熬地数着分秒。

店门口七七八八挂着各色的海报，有扮萝莉的美国大叔，有扭捏作态、袒胸露背的日本美少女。橱窗上方最醒目的地方镶着个大电视，循环播放着"美少女组合"的MV，除了扮嗲、扭腰、振胸，看不出一点儿好处。

"见"与"知"是两种境界。为了给女儿一个自己认知的空间，我决定先闪一会儿，再三叮嘱她注意安全，半个小时后，去街对面的咖啡店找我。只有半个小时，多一分钟也不行。

一个人，在咖啡馆落地窗前坐着，远远瞄着女儿从一个店出来，进了下一个店。手里的咖啡端起来放下；放下又端起来。总觉得心被什么搅动着，七上八下的。

不到半个小时，女儿回来了，心稍稍平稳些，就拉着她，逃也似的离开了“秋叶原”。

一路上，我和女儿都没有说话，我在想着心事，她似乎也是。

下一站，是我们预先讲好的：上野。

如果说：周杰伦的音乐装点了八零后的整个青春；那鲁迅的文学作品就贯穿了七零后的整个中学语文课本。从《故乡》里“项带银圈，手捏一柄钢叉”的少年闰土，到《祝福》里“只有那眼珠间或一轮，还可以表示她是一个活物”的祥林嫂，到《孔乙己》里“便排出九文大钱”的孔乙己，再到《藤野先生》里“东京也无非是这样。上野的樱花烂漫的时节，望去确也像绯红的轻云……”

此行，日本，于我最大的心愿，就只是去看看上野小站。

上野，不见绯红的轻云，只见纵横交织的电网，伸向远方的铁轨，地下通道里不足1.8米的低矮梁柱。车站上，人色匆忙。大多低着头，垂着脸。

才真正明白那句：东京也无非是这样。

晚上，回到房间，坐定，我问女儿：“明天就要回家了，这趟日本下来，你有什么感觉？”

“怎么说呢？不是太好！妈妈，我不想再来了。”

在日本的最后一天，只有一个景点：浅草寺。

我们团的地接导游叫张岩，是个三十出头的东北小伙儿。也许是因为同团的“战绩”斐然，也许是今天他就要和大家告别了，他不再一味地夸奖“日本”，而和大家唠起了家常。

他，十六七岁辍学，来的日本。因为许多亲戚都在这儿，帮他申请了东京的大学。大学毕业就去了肉联厂上班，做质检。工作还算轻松，收入稳定，没几年就娶了有四分之一日本血统的媳妇，生了个女儿。2011 年，日本大地震，他举家回国。2013 年，又回到了日本，肉联厂回不去了，就做起了导游，媳妇开了家微店，其他时间在家看看孩子，做做饭。团友问他在东京买房子了吗？他说，没！一直租房子住，过几天还准备再搬家，孩子上学住姥姥家了，现在房子 80 多平方米，太浪费了。准备租个 50 多平方米的。问他为什么不买房，他坚定地说：“将来，总是要回去的，还是自己的国家好！”

车厢内安静了好一会儿，远远地看，他镜片后面闪动着晶莹的光。

“我们的航班将于半小时后将在首都国际机场降落，谢谢大家的陪伴！”扩音器里传出机长浑厚的中音。推上悬窗的挡板，下面灯火辉煌的，就是北京了。我们的大北京，我们回来了！

天边的月虽然不很圆，却亮得耀眼，晃出了我一眼的泪光。

拳拳女儿心

下楼打水，把大水桶放在饮水机上，扫码接水，转头进超市买土豆和洋葱。

有个满脸焦虑的阿姨，在超市门口徘徊，像是在等什么人。

超市出来，拎上水桶，就被她拦住了去路。

“姑娘，姑娘，你先把桶放下，能帮我打个车吗？”

“我？帮您？打个车？”

我的警惕心闪上来，仔细打量着她，白皙的肤色，皱纹清晰，眼神坚定，棕灰色皮毛一体的过膝大衣，狐狸长毛的领子，同色毛帽，露着圈鬈曲的白发。

“是用您的手机，帮您打车，是吗？”

“是的，刚才找了个小男孩儿，他不太会弄，平时都是我的女儿帮我打，今天不知道为什么，她一直没接电话。”

接过她的手机，一步步输入。

“目的地是哪儿？……您要去什么地方？”

阿姨的耳朵似乎不太灵，我提高了嗓门儿。

“科技大学北门，我女儿在上海都能帮我打车的，也不知道今天怎么了？”

“您，女儿，在上海？”

“嗯！是的！”

见她心存戒备，不便多问。

输入目的地，选好车型。很快就有人接单了。

“打好了，尾号933的车，还有0.6公里就到，您慢慢走到大门口，来得急。”

“谢谢啦！姑娘，谢谢你！”

我提起水桶往自家楼门口走，水桶有点儿重，让我不停地望向老人的背影。

她认真地夹着挎包，匆匆地直奔大门，右腿一拐一拐的。

心底有些怅然。

帮了别人的妈妈，但愿也会有人在我妈妈需要的时候，帮她一把。

异乡人

北京到辽河563公里。京哈高速限速每小时120公里，中间服务区加油、加水，一趟下来怎么也得六七个小时；动车提速又降速，加上往返于火车站的路程，也是六七个小时。于是，北京到辽河就等于563公里的跋涉，六七个小时的煎熬，隔着山海关的亲情望断山水路。

离开辽河5年，与父母分隔5年，做了5年的异乡人。

记得来北京的第一个寒假，带女儿回辽河，路遇大雾，天快黑时才上“盘海营”。第一次觉得，那条悬于黑幕间的两车道竟像一条萤光的彩虹，蜿蜒静谧，美丽神秘。四野一色迷茫，偶尔的点点亮光上下移动，是采油树的头灯。进入市区，连片的矮楼显得天很高很空，是种凄美的温柔。

女儿笑我：喜新厌旧。

第二次，暑假回辽河。下了高速口的那段限速40公里的路，太折磨似箭的归心了，无聊地按下车窗，带着海腥味的风灌进来，醉了异乡人的心。那一次，中学同学为我接风，席间我谈笑风生，举杯表态：“在座的各位，谁再去北京，或是家人在北京有个大事小情儿的，一定得言语一声。你们都可以骄傲地对别人说：‘咱京里有人了’。”四座掌声，杯中的酒一饮而尽。

我为自己的慷慨仗义感动得眼含泪花。

第三次回辽河，和表姐唠家常。

她问我："每天送孩子上学要开多长时间的车？"

我答："学校到家13.5公里。"

她不悦："别和我说多少公里，就问你得多长时间。"

多长时间？那要看几点出发？周几？尾数几号的车限行？走哪条路？路上有没有突发事件？我每天出门前都先看导航，再三确认哪条路最快。

忽然明白：以公里计算路程是多么的无奈。

第四次回辽河，坐的是动车。下了火车，四面呼啸的北风像无数把锋利的小刀，割着脸，割着手，割着单薄的棉衣。瑟瑟发抖的我竟无处闪躲。

回家没几天，皮肤开始过敏，此起彼伏地长起了痘痘；只要一出门就套上大棉袄、二棉裤。

闺密讽刺我："真是北京人儿了呗？俺们东北人都禁冻！"

第五次、第六次、第……

去年夏天，在海南逛茶城。见着个投缘的女老板，坐下喝了几杯她泡的新茶。女老板，面容平静，福建人，在海南已经五六年了。同为异乡人，茶温相同，很快就聊成了朋友。

她问我："你是哪儿的人呀？"

我一时呆住了，斟酌良久，要想准确回答，非得一个长长的复句，讨巧地反问她："你看我像哪儿的人儿？"

“真看不出来。北方人?”

“对！北方人!”

女老板给我泡的是“安吉白茶”。第一泡绵软清淡；二泡后茶汤微黄，入口多了苦涩的甘洌，直刺味蕾，回味良多。

5年了！5年，是女儿略带京腔的口音；是自己身上多出的10多斤赘肉；是妈妈家楼下枝叶茂盛、遮天蔽日的槐树。

5年了！女儿已经不爱回辽河长住。我开车穿梭于北京的东西南北已经不再迷路；适应了和同事吃饭AA制付账；已经成为两大家人的“驻京办主任”；已经适应了在匆忙如海的人群中捡拾片刻的惬意和安宁……

可在北京人眼里，我永远都是“异乡人”。

入伏那天，再次开车回辽河。路遇两起车祸，四五处修路。黄昏时分才到绕阳河大桥。桥长1650米，软土路基，车开在上面荡荡悠悠，如过江之舟。放眼望去，绿色的湿地迷蒙如纱。急切的心此时多了种灼热的兴奋，只怨桥太长。

好不容易下了高速，沿中华路直行，不想竟迷了路。三番两次开窗询问，绕了七八个路口才找到家。这真是：“儿童相见不相识，笑问客从何处来。”

回家的第二个晚上，和母亲聊天。她一边拭泪，一边说：“我一想你离我这么远，我就闹心……”

五脏六腑像被滚开的油煎炸。

谁能懂：异乡人的无奈与牵挂?

熏肉大饼

盘锦兴隆台，辽河电子城楼下，有家沈阳熏肉大饼店。

没离开盘锦的时候，我是小店的常客，开始时，一个人去，后来，带着女儿跟老公一起去。

再回盘锦，总是匆匆几天，亲戚想请都请不过来，哪有机会去寻小店，一晃相隔竟有十几年。

前些天回去，老公问我想去哪儿吃早饭。

“熏肉大饼”——是从记忆里跳出来的。

推开门，感觉时光倒流了，一切都还是原来的样子。

不到20平方米的小店，里面还是那个被隔出来的厨房，站着三四个原来的人；外面也没变，两张长条桌靠右墙，原来那几张老式火车长条靠背椅还在，右边墙还有那张圆桌，转圈儿把塑料凳，老板的操作台还摆在右手进门的小长桌上，放肉、放饼的小保温箱，小案板，就连那个中年大叔，样子好像都没变。

“今天休息呀?”站在门口的我，半天才回过神来。

“对！对！两张饼，加葱，两大碗粥，两个炒蛋，我自己去取咸菜。”

径直往厨房走，取了小碟，从记忆里捡了满满一碟酱土豆、萝卜干、海带丝。

老板已经卷好了一张饼，举着说："自己找地方坐吧！"

在中年女人对面坐了下来，串到里面，把外面的空地儿留给老公。

老板转身去卷第二张，用竹夹取饼，放到案板上，抹酱、放葱、加肉片，卷紧，套上小塑料口袋放到我的面前，整套动作行云流水。

咬一口饼，味道和记忆里的不差分毫，小土豆、小萝卜干，再喝一口稠稠的白粥……

"老板，这店开了有 20 年了吧？"

"26 年！"

"小店，从来不休息的吗？"

"休，过年休几天，前几天还回沈阳做了个体检，原来单位的福利。"

26 年，原来，一个人可以做一件事儿，坚持 26 年。

这一餐我们一共花了 19 块钱。

出门，回头看，原来的辽河电子城，连块牌子都没有了。

愿天堂有个电影院

2021 年 11 月 22 日中午，接到大姐的电话："你大姨夫走了……"

心被什么剜了一下，热泪滚落，打湿了衣服，也打湿了许多童年记忆。

大姨夫和大姨都是电影放映员，我看的第一场电影，就在他俩的放映厅里。

大姨夫一直有心脏病，靠"起搏器"维持着，后来又得了帕金森综合症，生活不能自理。许多年，都靠大哥大姐轮班看护着，90 岁的人，生命到底停在什么点儿上，已经无法细究了。

大姐说，老人家走得很突然，也很安详，就是对亲人最大的安慰了。

从去年入夏开始，就陆续听到老人家状态不好的消息。可是，无论提前做过多少心理准备，这一刻真的到来，心里还是很难接受。

关于大姨夫的记忆，要从我三岁那年说起。

当时宁夏物资匮乏，母亲生小弟欠下的身体亏空，一直没补上。我太小，父亲一人，很难顾及全家周全。大姨就把我们母女接到鸡西的家里，为母亲调养。当时，大姨膝下已有一子两女，上面还有婆婆和我的姥姥，那一大家子人，本来已经够难过的了。又加上我们俩，真的是难上加难。年少的我并不懂这些，只觉得热闹有趣。

大姨家当时有个大院子，院里有棵大伞一样的樱桃树，结小小的、红红的果子，井水洗过，那叫一个甜！

两个老太太常在大树下，择择菜、喂喂鸡，光影下篦篦头发。我只要看见谁蹲着，就会搬个小板凳塞到她的屁股底下。也常背着一个粉色的小包，蹦蹦跳跳地，假装上学去，走到墙根儿处，就站住，嘀咕好一阵子，再折回来。跟姥姥说："我们，我们学老师说，今天不用上学了。"为什么是"学"老师，我到现在也想不明白。

一大家子人，都喜欢我这个能说会道的小不点儿。大姨夫的妹夫喜欢得不知说点儿什么好："这孩子，该弄到哪去，改造改造。"最喜欢我的还是大姨夫，每次下班回来都要亲三亲、搂三搂、抱三抱。慢慢长大，老人再提，我都羞于应和，只胡乱地说，"那时太小，都忘了。"

大姨和大姨夫常带着我，去他们的电影院。扒在二楼的小窗户上看电影，那叫一个"神气"。好大的一束光，抻得老长，宽宽地落在一张大白布上，就有了声，有了影，还会动。那是束神奇的光，里面飞着许多闪亮的小颗粒，像银河里的星星。现在想来，我对于电影所有喜爱都来源于那束光。

每次我都在放映机旁的吊床里醒来，耳边还有胶片运转的咔咔声。

那次我和妈妈在大姨家住了大半年，回到家，我们俩都是白白胖胖的。

第二次去鸡西，是我大学毕业那年，和母亲、三姨一起去给姥姥迁坟。那年，大姨夫的头发全白了，可脸庞依旧白净，看我时的眼睛也总是笑眯眯的。那会儿，觉得大姨夫做的什么都好吃，尤其下饭的就是榨菜炒肉丝。到现在，也常自己炒来吃，可总觉得不是那个味儿了。

我来北京的第四年，大姨和大姨夫来过一次，我开车去火车站接他们，带他们去吃全聚德的烤鸭，看天安门。大姨夫看着我用的导航，一直奇怪地问："它能告诉你怎么走，可它又是怎么知道你的车在什么地方呢?"

那次相见，大姨夫的样子丝毫未变，皱纹没有增加，身板依旧笔直，笑眯眯的眼睛里还有许多星星一样的光。

母亲常说："人，一定要知道感恩，要记得在困难时帮助过你的人……当年，你大姨那一家子多难呀，一定要把咱俩接去，你大姨夫都没犹豫过，还什么都可着咱俩给，只要听说什么偏方能治我的病，就想办法弄来……羊苦胆、生豆油，都是当年花钱也买不到的好东西，也不知道你大姨夫费了多少劲儿……"

姥爷去世得早，在母亲眼里，大姨夫应该更像个父亲；在我心里，大姨夫就是外祖父。

听母亲说，大姨和大姨夫年轻时都是时髦的人，时兴个啥，两人都赶在前面，走到哪儿都是"焦点"。听说他俩是在学放电影时认识的，一路相伴，就走了快 70 年。

我只记得他们老时的样子，不知道，他们曾经也是追风的少年。

2020 年年底，大姨夫的病势加重，已经不怎么认人了。视频里居然一下就认出了我，还叫着我的名字，说了许多的话。

如今，他走了。我童年的回忆，缺了一条腿。

一早，向北，磕了三个头，算是为老人家送行。

2022 年 3 月 8 日，农历二月初六，大姨夫走后的第 107 天，陪儿女们过了个完整的年，大姨也走了。得知消息，心如刀绞，只恨不能马上出发，去为亲人送行。

给大姐转过去的钱，又被退了回来，大姐说："我们爸妈都不在了，这钱给我们，又有什么用呢？"

大姐安慰我："你惦记大姨，她都知道。你年前邮来的稻香村点心，大姨都吃了，别来了……你大姨，是去跟你大姨夫相聚了。"

让大姐反过来安慰我，也是不安。

思念，像决堤的江水，一去不复还了。

想起农历二月二那天凌晨，猛然在梦中惊醒，从未有过的心里绞痛，似乎看见一个人站在眼前跟我说了许多的话。现在想来，就是大姨在跟我告别，梦醒得突然，不知她说了些什么。

一对璧人，天堂相见。

天堂电影院，重新开业了！

寻访广慧寺

广慧寺，是某网络平台里，一个叫“寻古北京”的人“种草”。说院址是唐代的，寺里有断裂的石碑，残缺的赑屃，废弃的古井，还有雌雄两株1300年的银杏树。

总觉得，“有古树必有古迹”。无论“古树”还是“古迹”，都值得去看看。

1

四月初，我和女儿去了趟定都阁。为了拍出最美的全景，认真选了个湛蓝的天儿。

导航指引，顺莲石西路一直向西，过苛罗坨隧道，潭柘寺隧道，就进了绿水青山门头沟。

春叶刚发，梨花正艳，桃花相映，山路盘桓，远远就见一古塔立于高山尖儿上，风摆春姿，像是它的“帘卷西风”。

定都阁前，有座华美的牌坊，与阁塔相映，像一扇待扣的山门。牌坊上有副对联，上联是：古月今风开圣境，仰卧龙积气之奇，冬妆素雪，春染绮霞，势腾寰内无双地；下联是：水光山色定皇城，极观景遣怀之妙，东望长街，南尊上界，天赐京西第一峰。

过了牌坊，阁楼再无遮挡，霸气凛然。扶着汉白玉的栏杆，拾级向上，探着头的迎春星星点点，映了一路的金光。右边的紫禁城平铺于眼前，一望无边的壮阔银白。

成天台上有姚广孝的石像，身披袈裟，右手握拳，伸向紫禁城的方向。这就是传说中，姚广孝为朱棣指定北京城选址的地方，也是“定都阁”的由来。北面平台上立着几尊石碑，分别刻着朱元璋、马皇后、刘伯温、朱棣、姚广孝的生平功绩，能被后人刻在碑上，也算是不虚此生吧！

阁塔的西门开着，有木质的楼梯，盘旋向上，不知绕了多少层，才到达阁顶，门关着，透过落满灰尘的小小格窗，紫禁城模糊了，时光也模糊了。

西门出来，木板搭的台面，直铺到一块大大的龟背石，就是观景台。向西三面环山，绵延不绝，如铺如叠。西山与别山不同，多了棱角，多了俊美，墨墨如黛。

我和女儿都被远山定在了栏杆前，静静无语，任厉风迎面。她在想什么？我不知道。我在等，等太阳西沉，等金光洒落紫禁城。

一群中年女人，不知什么时候拥到龟背石上，以定都阁为背景，拍起了照来，见她们拍得热烈，无心再等夕阳，回身与远山告了别，就想离开，却被大姐们叫住了：“美女！帮我们拍张照片吧！”

“让我闺女帮你们拍！”转身接过女儿手里的相机，“你帮阿姨们拍吧！”女人们似乎更信任我这个年长的，见我坚持，面有难色地把手机交与女儿，归队，摆姿势去了。

定都阁下来，一路向东，回城。后视镜里的山，越来越小，渐渐消失。我们的车，汇入车河，消失在刚刚见过的那一片银色茫茫的楼宇间。

2

四月中旬，陪女儿拍作业，还去了趟延寿寺，因为那里有一株800年的古树——盘龙松。

导航指引怀柔方向，过西四渡河隧道，九渡河口，一路丁香漫舞，夏叶铺路，青山迎面，远山如雾。

延寿寺的大门前，绿纱网铺了一地，不见人影，左右两扇侧门大开着，里面是半圆形的大片空地，草荒着，一条石阶通向高处。拾级而上，抬头就是那座大大的汉白玉雕的“佛”字，笔力雄健，气势宏大。“佛”字两边跨过石子路，像“普渡众生”的门，过了门，再回头，后山已是“凡尘”。

沿路向前，不见殿堂，只见群山，路旁有歇脚的亭，亭沿褶皱了皮，砖缝间杂草乱生。再往前走，路分两条，一条平坦的水泥路，两车宽；一条曲径通幽的石子路，看不见尽头。

见水泥路上有车经过，决定回山门，开车上去。一折一返，费了些时间，可心里踏实了，没想，开不到300米就被拦下了。前面修路，有运石车隔着，只能把车停在路旁，步行上山。后面又来了辆白色轿车，下来两男一女。有了同伴，胆子壮了，顺着石子路往里走，前后瞄着那三个人。

上山的路，与平路不同，没走几步就喘气。女儿打起了退堂鼓，拉着她细细的手指："都到这儿了，怎么能半途而废呢？走！"

打退堂鼓的不止女儿一个，两男一女中的白T恤胖男人，一屁股坐到路边的石头上，"还有多远呢？我可走不动了，你们去吧！"

一旁的修山人，笑着搭话："没多远了，拐弯就看见寺门了。"

"可这弯儿有多大呀？"胖男人起身，嘴里咕哝着，一步一挪的腿，似有千斤重。

我拉了女儿，慢慢从他们身边经过。

弯真的不大，转过去，就看见高坡上有块平地，高高的旗杆上有国旗迎风飘展，很是醒目。一对中年夫妇，正从弯坡下来，脚步轻盈。

"您好！请问，寺门还有多远呀？"

"看见国旗了吗？对面就是寺门。"女人手指高坡，快步从我们身旁经过，并未停留。

果然，国旗对面就是寺门，一对身披红绣球的石狮子，分左右护卫高台。台阶不多，但很陡。寺门门框上有副对联，右边是"山陡佛自高"，左边是"寺远心更长"。

正细品这字的意味，后面的三个人上来了，那个一路无话的男人，满脸歉意地对女人说："我们都刚吃了肉，喝了酒，怕冲撞了佛祖，就不进去了，你替我们好好拜拜吧！”

听说前面黑山寨村的驴肉宴很有名，想是驴肉已在他们腹中。

护法殿正中，供奉着大尊弥勒佛金像，左右是“持国、增长、广目、多闻”四大金刚。穿过护法殿，迎面石墙上刻着六个金色大字：“南无阿弥陀佛”，下面摆放着石香炉。

步梯分左右，登上平台，右边是钟楼，左边是鼓楼。两排厢房，顺着山势步步登高，中间空地一沉到底，就是那棵800年的古松了。

古松几乎盘伏于地面，松枝铺开如毯，琼枝盘亘，不见头尾，真是奇妙。想起“800年为春，800年为秋”的大椿树。不知，这相隔的800年里，它们都经历了些什么？

再往里走，便是大雄宝殿，俯身于垫，叩头，再叩，三叩。奇香四面八方袭来，抬眼见佛，又是一惊，佛身连同身后的背光，都是整块木雕，花纹脉络清晰，雕工细腻。佛面，神态安详，肃穆庄严，只对视一眼，就深深烙进了心里。

佛台上取了香，长明灯里点燃了，供于佛前，合手再拜。

我并不信佛，也不太懂什么佛什么教，只是单纯地出于敬畏，不敢立于佛前。跪下，便拜了，口里心里默默念叨的也从未成章。兜里偶有零钱，就放进功德箱，算是香火钱。近几年发现，许多寺庙里的功德箱都撤了，倒不知自己的香火由谁来买单了。

大殿出来，见女儿还在拍古树，就席地坐在池前，双脚垂于池面，池里有鱼，大小不一，荷花未开，鱼在落叶殿影间游得畅快。

殿前有几株丁香，白色、紫色，各有趣意。

远山静谧，风旋谷底；雀翅翻转，歌声高低；竹影摇曳，似有低语；枫叶掩门，斑驳一地。

闭上眼，一切就像在梦里；睁开眼，梦就铺展于眼前。

那趟从山里回来，雀声、竹声、风声，一直在我耳畔唱了许多天。

3

五一劳动节，老公跟我商量去哪玩玩，第一个冲出来的名字就是“广慧寺”。

过了潭柘新村，又上了那条去定都阁的山路，心里忐忑，不会是导航选错了目的地?

再往里开，路标上定都阁的上面就“广慧寺”，原来我的心里只能装一个目的地。

过了定都阁售票处，导航给我们指向左侧的岔路，下了 30 多度陡坡，山路蜿蜒，不见一辆车。

“这是要往后山开吗?”

“没关系！能否找到，都没关系，进山闻闻新鲜的空气，也是好的。”老公怕我这个导游失落，安慰着。

山路婉转，一会儿一个陡坡，一会儿一段儿石子路。

"幸亏是我跟你来，这样的山路，可不放心你一个人开。"

"是啊！幸亏有你。"心里却想：这样的路，也不知自己开了多少趟，附近的山头，都快跑遍了。

路边杂草茂盛，偶有小花，远远高高的定都阁，一会儿一露头。也有独居的木扉家院，不知里面住着什么样的世外高人？

再往前走，穿过一个村庄。路两边石砌的围墙，顺山势渐高，台阶上，房门前坐着扶拐的老人，衣裤整洁，眼神淡然。房前屋后，有许多高株香椿树，叶子已渐近棕红。看了牌子才知道，这村叫——桑榆村。

过了村落，又是一片荒凉景象，新铺的水泥路，弯弯绕绕，三四公里，就跑了十多分钟。

导航结束的时候，我们也走到了这条路的尽头，有片可停四五辆车的空地，已有一辆吉普车停在上面。

左手边，是条下坡路，树木掩映着一条石阶，石阶上有个木架亭子，像个大大的葡萄架，不知是本色还是被烟火熏成的黑色，再往前走是条断头路，铁栏杆围着，下面是向前延伸的巨石。

前面不远处，群山环抱的村庄，应该就是刚才路过的桑榆村了。

观景台下来，有条小路伸向村庄的方向，应该不通寺门。

回到停车场，四下张望，突然看见右边的坡上有片屋檐红墙。像藏在蚌肉里的珍珠，闪着幽幽的光。

再下坡，绕到观景台的路口，才发现对面有条满是锈色护栏的小径，石阶多有裂缝，枯叶、黄土、枯枝铺了一路，脚步惊动了声控广播："您已进入景区，请注意防火安全！"这声音像是迎客的问候，安慰探山人的心。

石墙红门就在眼前，我快步走在前面。迎接我的，却是两扇关着的门和门鼻儿上紧扣的铜锁，试了两下，推不开。扒着门缝，往里看，只有石墙和一棵横倒着的枯树，门旁立着牌子，上写：广慧寺。

顺着院墙，再往里走，想找视频里的那扇后门。斜角的墙上，有处破壁。透过交织的树杈，能看见破败的屋瓦。院内杂草丛生，断碑似有似无。

"从这个豁口儿跳进去啊？"

"你可打住吧！锁着的门，是什么意思？翻墙，就等于私闯民宅。"老公上了大格局，一本正经起来。

"你看，这下面有斜坡，垫脚用的，肯定有人跳进去过。"

"别人能进，你不能！你知道那里有什么？"

"难不成还有高压电网呀？"

"那都说不准，反正不能进！门锁了，就是不让进，这是规矩，你连这个都不懂吗？"这些话都不随我心，可一时又找不到反驳他的理由。

起身顺着来路再往前走，只要有路就有希望。这是条古栈道，牌子倒在路旁，字迹早已模糊不清，生锈的栏杆时有时无。

“这条路是上山的，估计能绕到定都阁，你是想上去吗?”

不回头，不答言，继续走，过了十几米，离寺院越来越远，赌了气，折回头。甩手走在前面，出没的壁虎也不怕了，野生的小花也不看了，心心念念的，就是那两株千年的银杏树。

趁老公没跟上来，扒拉开一人多高的杂草和树杈，就往寺门左边走，深一脚浅一脚，绕道左墙的拐弯儿处，除了石墙，再不见入口。

“你在哪儿呢?我看不见你了，快出来。”

“我想看看这边儿有没有口儿。”

“快给我出来!”

拖着步子，往回走，几步一回头。

回到铜锁前，扒着门缝看了许久，我和千年的古树只隔这一扇门。

门缝里，有被风卷成团的蛛网，心里一片荒凉。也许，也许这才是岁月本来的模样!像经历时间的女人，剥落的红漆，破败的墙壁就是她的皱纹；断裂的石碑，枯倒的树根，就是她历经繁华、归于静默的印痕。

百年的风雨，就这么破败于眼前。岁月，除了静好，还有风化、摧残和落定的尘埃。和那条百年前，恭亲王奕䜣走过的芦潭古道一起，丛生杂草，碎石蜿蜒。

往回走的步子很沉，太阳直直地晒着。找了个树荫，盘腿坐在水泥地上，心里空落落的。

一只黑蚂蚁推了比它身体大几倍的，蝶翅一样的东西，左摇右摆地来了，步子那么坚定有力。

一人一狗，从观景台的石阶上下来。山里的狗没有脖圈儿，也不牵绳。黄狗东闻闻，西嗅嗅，脚步轻松而欢快，很快就跑到我们跟前，围着我和老公，打转转。狗主人在后面厉声喝着。

“没事儿，我们家也养狗，不怕的，让它玩儿吧！”男人也停了脚步在我们旁边。男人，通红的脸儿，不知道是因为老酒，还是山里的毒太阳。

“前面的寺，一直锁着吗？”

“有几年了。”

“听说是私产，怎么回事儿呢？”

“很久以前，这寺里住着宫里的太监，后来太监走了。留着一户人家看院子，再后来，不知是因为抵债，还是什么原因，就分给了那户人家。一直传下来，年轻人不愿意在山里住，搬到城里去了。这寺就荒了，前些年，什么文物局的来了，准备修缮。有人把信儿传给了那家人，人家手里有房契呀，开始谈条件，没谈成，又开始打官司，一直没个结果，人家锁了门，就走了。”

黄狗对我们失去了兴趣，走了，男人也跟了上去，一会儿连影儿都没有了。

800 多年的紫禁城，到底有多少古寺，谁能说得清？有多少殿宇恢宏？有多少残垣断壁？又有多少古树千年？

相见即是缘分，不见，也是注定。

也许，卓别林说的是对的。

“时间，是一个伟大的作者，他一定能够写出最完美的结局。”

回不去的故乡

大爷瘫在床上，已经十来年了，是脑血栓的后遗症。大妈不离不弃地精心伺候着，两双儿女也照顾周全。

年前，老妈电话里说："你大爷情况不太好。估计挺不了几天了。"

接下来的许多天，每天睁开眼都会想：也不知道我大爷怎么样了，会不会挺过今天？会不会有坏消息传来？

其实我和大爷并不太亲，算起来我们相见的日子也是屈曲可数的。而且每次他总是在角落里，好像光永远都不会照到他身上。

大爷和老叔都有双毛茸茸的大眼睛，双眼皮儿。小时候我总想，如果他是我爸爸，我是不是也会有双同样的眼睛。

大爷方脸平头，脸上还没有多少皱纹的时候，头发就花白了。大爷抽卷烟，卷烟的动作很流畅，也总能把烟卷成完美的圆锥形。火柴点了，他就围绕在一片烟雾里，呛人的旱烟味，依旧没有光。

大爷，永远是一身洗得发白的灰蓝色工装，一顶同色的工帽。他很少说话，现在回忆起来，他都是无声的。

有那么十几年，每到过年，我们一家四口都会回奶奶家。大包小裹地挤上中巴客车，现在一个多小时的路，那时候要跑上大半天。车也总是停在东城门外，我和小弟跑在最前面，院门总是大开的，我们跑过长长的院廊，抬起厚厚的棉帘子。一股蒸腾的热气扑面而来，什么也看不清。我们大喊着奶奶，一股脑儿扑进她的怀里。

直到年三十的下午，家里的人，陆续多起来。那时候，我的注意力都在奶奶的风箱、炉膛里的火苗、屋顶椽子上的黑灰、奶奶浆过的褥单、柴火味混着的饭菜香里……到底来了多少人，谁家的人全了，都不在意。

三十晚上，饭菜摆了满满一桌子。人也是满满的一屋子。坐炕上的、坐凳上的、站在地当间儿的。老婶儿总是站着，有没有闲凳儿，她都站着，端着只小花碗，举着双筷子，黑灿灿的脸，眼睛总是弯弯的。

孩子们插空坐在自己父母的身边，人多的时候也有单给我们开一桌的。

大爷家有四个孩子，有时来两个，这两个或那两个，全到的时候不多。孩子们不管相隔多久，再见总是亲的，没有寒暄和别扭，不一会儿就打得火热。

男孩们饿得快，饱得也快，很快就没了影儿。

窗外有火花闪过，伴着噼噼啪啪的鞭炮声，小窗户上许多冰花，是最美的滤镜。

年，和着那些火花，那些大人喧哗，一起落入我少年的心里。

如今想起，竟像一场梦。

正月十三，北京如期下了场大雪，是我来北京十四年的头一次。

一早被电话叫醒，迷蒙中看见老爸的手机号，就知道一定是个坏消息。

“你大爷没了，我把你二姐的电话号码给你，问候一下吧！”

老爸的声音沉重，知道这时候说什么也安慰不了他。只连说了几个“好！好！好！”

二姐的电话接通，那个熟悉的声音就从少年的记忆里传来：“你大爷，懂得疼人，他也是不想折腾你们……一切都好，放心吧！”

“给大妈问好，给大姐、大哥、二哥问好！找机会，我一定回去看看！”心里清楚这个“再见”，又不知要等多少年。

想想上次见，还是奶奶去世那年。正赶上老公出差，把女儿托付给大姑。一个人开车从北京赶回去，来回八百多公里，到家已是后半夜了。

只是匆匆一见，心思全在奶奶那黑紫色的棺椁里，亲人们互相的问候，都隔着满眼的泪水。

那一别，也是数年。

最后一次回老家，是爷爷去世那年，听说爷爷情况不好，就赶了回去，在医院见到了姑姑和老叔。爷爷见到我们这一大群人，精神一下好了，喊着要回家。叫了救护车把他拉回去，平放在大床上，脸色也红润了许多，还说想吃桃子。我和小弟去南关市场，一时竟忘了，还是夏天，青桃还在树上，最后还是小弟清醒，买了桃罐头，爷爷吃了好几块。

老爸说："你爷的情况看起来稳定了，孩子在家，你们工作都忙，收拾收拾回去吧！"

匆匆上了回京的火车，开出去没两站，老爸的电话来了："你爷走了……也见到最后一面了，别回来了……"

胸口疼，疼到无法呼吸，热泪扑簌簌下来，冲到洗手间，车轮碾压着铁轨，碾压了我的哭声。

车窗外的首山，已经很远很远了。

雪从东面来，璇着飞过窗前，上下翻腾着。

用湿毛巾擦窗台，就会闻到木头味儿，是那种幽深的略带泥土味道的暗香。

心停了一下，想起年，想起那个自带滤镜的窗上的冰花。

每次回家，路过首山，都像被什么牵着，回头，再回头。大山始终在那里，或葱茏俊美，或荒芜挺立。在我心里，它是故乡的方向，是生命起点和终点，爷爷奶奶的墓地在那里，跟我留着相同血液的亲人也还在那里。

回老家容易，回故乡难。

故乡已经定格在我幼年的心底。场院、石凳、檐燕；水井、蟹钳、炊烟；土炕、浆被、木椽；风箱、灶台、水饭……

回不去的故乡，回不去的童年。

雪停了，不知什么时候的事儿，早早就醒了，今天是大爷入葬的日子，东北都是天不亮就出殡，为了不撞见那些上班的人。

太阳从东方升起，寒气积攒的云遮住了光，没见到灿烂的朝阳，大窗的边框有冰花，许多年未见的，看着发了好一会儿的呆。

关了走廊的灯，拍了张晨光。

天亮了，今天比每天更亮些，所有的屋顶都有洁白的雪，反着光。

像是在为大爷送行，愿他在天堂里一直有光！

姜枣茶

姜枣茶，应该是我干过最翻车的活儿，没有之一。

入夏前后，总有人推荐姜枣茶的好处：“女子体寒者，最宜!”“冬吃萝卜夏吃姜，不用医生开处方。”

其中，不乏营养专家、美容达人、美食博主。我最是个禁不住劝的，刚好家里有二斤红枣闲着，红糖也是现成，买好二斤新鲜老姜，只等闲时。

网上的做法大概分两种：现煮、熬制。

现煮的，是把切片的姜、去核的枣，加红糖、水，煮开后，饮用。每天煮，听起来就很麻烦，对坚持无益。

熬制的，可以每天一勺，开水一冲，直接饮用。我选一劳永逸的法子。

大枣，去核，用剪刀剪成条，加同量的清水，入破壁机打成糊；姜，洗净切片，加水破壁机打成末。全部投入锅中，加适量的红糖，大火浇开，小火慢熬，用木铲不停地搅拌。

不一会儿，咕嘟的小泡儿，越蹿越高，略一停手，就有飞溅。

反复看了几遍视频，都是说得熬一个小时以上。

我那“小驴拉磨没长劲儿”的劲儿，上来了。再看，说是也可以盖上盖子，十分钟搅拌一次，第二个十分钟，盖子内壁满是稠粥一样的汁液。开盖儿，是要做心理建设的。斜着盖子，探着头，沿锅壁下铲，不敢迟疑，也不敢停顿。

第四个十分钟，小泡得了势一样，翻滚成热烈的岩浆，在锅前待站了半晌，下不了手，也退不了步。终于打开了盖子，下铲，岩浆毫不留情，先有小滴落在胳膊上、手背上，小面积的触电般的疼，还能忍。接着，一大块岩浆直糊到虎口上，疼，从肉里长出来，灼烧着，头皮一麻，丢了铲子，用冷水冲，缓解了几秒，疼，再次袭来就加了劲儿。

等涂好烫伤膏回来，锅台一片狼藉，连油烟机上都飞溅了许多酱红色的点子，盖盖，关火，成不成泥，已经不重要了，手疼得钻心，满屋溜达到八九点，肉里的疼，退了许多，皮，还是火烧火燎的。

一勺勺将锅里已成泥、未成泥的混合物，分装进五个广口瓶，再套上手套，擦干净锅台，看着这五个大瓶子。

真不知道，这个夏天会有多长？

每次喝姜枣茶的时候，会不会有种疼味？

回家过年

小年的早市，并没有想象中那么热闹。室外的摊位，一半都空着，室内的也有小一半儿蒙上了盖布，看来很多人都提前离京了。

遇到相熟的摊主，都会问一句：“回家过年吗?”自己回不去，问问别人也是好的。

前阵子，问过卖豆腐的姑娘。她说：“今年必须得回家，都两年没看见孩子了，想‘死’了，真不想在北京干了。”打工人一年盼的，就是这几天。

今天再去，卖豆腐的姑娘走了，没舍得停业，找了个替班的。

猪肉摊前选了两只肘子，问老板可不可以用火枪烧一烧肉皮，去一去褶子里面的毛。蓝色的火苗长长地喷出来，烤肉皮的焦味慢慢开，那是年的味道。

去年这时候，我也在菜市场，也拖着小货车，但却是在爸妈家旁边的市场。车是满满的，心是满满的，一大家子的年夜饭都潜伏在小车里，装得再满，也总怕漏掉了什么。

“多少钱，说清楚就行呗，你急什么?!”

喊声从旁边海鲜摊位上传来，是个五十多岁的大哥，拎着挂满水的黑袋子，一脸怒气。

我和卖海鲜的两口子，认识快十年了。丈夫老实，总是低头干活儿；妻子秀气，见人也笑，可总觉得多多少少带着点儿委屈。

海鲜不是北京人餐桌上的必备，况且海鲜保质期短，价格浮动大，每称必含海水，口角总是难免的。

女人说："是我老公刚才报错了价格。这么大的虾，怎么可能20块钱一斤呢？那不得赔死了！……"

等赌气的大哥走远了，卖海鲜的女人平静了，我也去称了两斤大虾，鲜活的虾在黑袋子里扑腾跳跃着，回头对女人说："小年了，高兴点儿！明年见！"

卖富士苹果的摊位上，一个大哥装了一大袋苹果，跟摊主嘀咕了什么，丢下袋子，转身就走了。

女人在后面喊："一毛钱的事儿，你至于不？"

大哥转头回来了："大过年的，别让我说出什么不好听的来……"

经过卖豆角的摊位，穿红羽绒服的大姨，大声说："我就不是那种人，我刚才明明把钱给你了，就放在那儿，你收了，再想想……"

摊主边摇头边摆手："行了，行了，您走吧，没有就算我倒霉了！"

人们，因为年而急躁，又因为年而极力控制着情绪。

低头选我的菜，抬头走我的路，小车越来越重，遇到斜坡，就得用力拽一下。

卖河鱼的小伙儿，是个高高帅帅，一说话脸就红的东北人。他家卖新鲜的鲈鱼、草鱼、鲫鱼、泥鳅、牛蛙，每到冬天，还用竹坯子穿了熏鱼挂在棚顶上，像一只只会转圈的风筝。

以前是三个人搭伙，渐渐地就剩下他一个，后来常有个女孩儿来帮忙，看来是在北京找到媳妇儿了。

买完泥鳅，对小伙儿说："把小车放你这儿，替我看会儿。"

小伙儿说："大姐，您还是自己推着走吧，我一个人照看不过来，前几天快递都丢了，搭在架子上的衣服也没了，现在的人也不知道怎么了。"

买了一大堆的肉和菜，分两趟送上车。来来回回，眼睛还在四下里张望，总觉得还缺点儿什么。

这些年的北京，到了年根儿底下就貌似成了空城，没有了摩肩擦踵、车水马龙的景象。

太阳出来了，下了三四天的雪，终于化了。

回家收拾买回来的菜，认认真真写了份除夕菜谱，三个人的年，也得过出点儿情调来。

因为，我相信，明年必将是个团圆年。

南雁路上的跑山人

大暑那天，去了趟京西的白瀑禅寺。走京礼高速，从西峰山站出口，就上了南雁路。那条极美的山路，在地图上看，就像条随意堆放的水管子。辨不清有多少个弯儿，数不出有多少个角。

一个弯转过来，路就和树连到了一起，树上面接着山，山上面挨着云。路没有头，山就没有边。劈开的山陡立着，劈不开的山绵延着。绕着山走，目光忽远忽近，落入近处的树林，伸向远方的山峦，幸运时抚摸一下飞鹰。绕山的心，畅快无比。

十点多上山，偶有骑行的人迎面而来，都是专业的装束，身形健硕，皮肤黝黑，分不出男女。经过两天的暴雨，远山还被罩在一层细细的薄纱里，树木都是翠色，深浅不一。有些红色跳跃在枝头，应该是枫树的新芽。

南雁路，双向单车道。一边是山，一边是崖，路面金贵，很难找到其他山路上的那种观景台。突然出现的扇形空地，让眼前一亮。空地上还停了辆车，后车盖开着，车旁有桌有椅，喷绘的彩色布帘上有“咖啡”两个字，山路上卖咖啡，而不是山货，还真是稀奇。上次看见这种彩色喷绘的后车帘儿，还是在许多年前的什刹海，和震耳欲聋的摇滚乐、盛夏晚风中的热浪，捆绑在了一起。

过了20多分钟，又看见一辆咖啡车，这次认真地看幌子——“来杯咖啡”。旁边折叠椅上，斜倚着个漂亮的机车女孩儿，她不看车也不看山，一副悠闲自在的模样。是咖啡让她停在那个我路过的瞬间，和远山近树一起定格在了我的心里。

快到淤白路的时候，又出现了一大片空地，两排房子像个热闹的集市，想着回来时一定要停下来逛逛。

一路的地名也很有趣：狼儿峪、北照台、雁翅、韩台……像诗的韵脚，有歌的旋律。

很久以前就听说，白瀑禅寺很特别，还有人称其为邪寺。是依辽代圆正法师舍利古塔而重新修建的，2016年才全面完工，对外开放，如今成了网红打卡地。主佛像都修于殿外，以天为盖以山为基，佛像多怒目圆睁，色彩绚烂。车神殿上的马头观音，五龙二凤托着的释迦牟尼童像，祥龙环绕的四面菩萨，天王殿外的哼哈二将都冲破了传统意义上神佛的形象。

进了天王殿的后院，世界一下就安静了，真像遁入了空门。佛音，像是从香炉里飘出来的，在每个枝丫间旋转，雀声、鸦鸣与铜铃随唱。

在古塔站了很久，面对圆正法师的雕像，在心里问自己：他是佛，还是人?

下山的路，开得很顺畅，心里惦记着那个“集市”，其他的景就不入眼了。到了才发现车辙印很窄，根本开不进汽车，两排房子前停的都是摩托车，这应该是个摩托车营地。房子几乎都是玻璃窗，也有咖啡的幌子，也有遮阳的棚子，里面散坐着许多年轻人，玻璃像把我们隔了一个世界。

再去探探来时的那个可以吃饭的地儿，门口黑板上写着菜谱，车开进去，正面板房亭子里并排摆着四五张桌子，几乎都坐满了人，也有抬头看我们的，只一眼，就继续他们的交流。这是个用集装箱围成的空地，每个箱正面都是透明的玻璃，空地里既没有摩托车，也没有汽车，没有人招呼，只得掉头离开。

除了这两处空地，南雁路上再无可歇脚的地方，没有饭店，没有民宿，这跟京郊的其他山路大不相同。回路上，那两辆咖啡车还在，只是车两边多了几个举着长焦相机的人，他们或蹲或半跪，手中的镜头跟着路过的摩托车，一个扇形、一个扇形地摆过。

南雁路，应该就是摩托车和骑行人的圣地，他们都是来跑山的。

想起刚才在大雄宝殿里遇见的那个中年男人，他双手合十，手腕上缠着菩提，绕着千手观音的佛像走圈，我和女儿与他迎面，他小声说："顺时针走！顺时针！"他没说为什么，我们也不问。连声说好，原地掉头，跟他拉开距离，轻手轻脚地顺时针走起来，绕到殿门，刚好一圈，抬脚就跨了出去。

男人还在殿里，嘴里念念有词，他是来绕佛念经的。

跑山和绕佛的心应该是一样的吧！在跨出大殿门槛的那一刻，我似乎一下就懂了：只要心存一念，脚步就不会停。

寻找菜市场

菜市场，才是最有烟火气的地方。我喜欢。

1

刚来北京那会儿，找不到菜市场。租的房子附近有个半地下超市，所有的菜叶子都被包在保鲜膜里，没有土、没有泥，价签干净，不用称秤，不用讨价还价。也有水产，多是淡水的鱼虾，没有海腥味。豆腐也都是成盒的：南豆腐、北豆腐、嫩豆腐、老豆腐。种类繁多，就是没有热乎气儿。

北京和东北同在北方，可菜的叫法却有许多不同。东北的茼蒿在北京叫蒿子秆，没有秆的才叫茼蒿；东北的角瓜在这儿叫西葫芦；地瓜也分成了红薯、白薯、烟薯、蜜薯。为了不买错菜，必须快速地学起来。

后来，在女儿的学校附近发现了一个菜市场，一个真正意义上的市场。在二环边上，临旧鼓楼外大街。一间挨着一间的饭店、蛋糕店、杂货店、炒货店中间藏了南北两扇门洞，伸向菜市场。

南门过道，杂货摊连着牛羊肉。一个年龄与我相仿，大眼睛的胖女人很会做生意。每次经过都笑脸相迎：“来了!”像认识多年的老友那样打着招呼。

走到头是铁皮的围墙，往右拐，是海鲜、猪肉、家禽；再往右是分成两排的蔬菜和杂货。

北门通道两边，摆满了水果摊。

一次，我去得早，竟发现那铁皮围墙没了，里面是桃花源一样的大片空地。成堆成捆的新鲜蔬菜摞在水泥台上，一时就眼花缭乱了。这就是传说中的早市儿?!

黑红的莲雾、焦黄的木瓜，还有海南的四角豆，山东的大葱……

靠墙的一排，有刚炸的油条、油饼，现烤的蛋糕、面包，现炒的瓜子、栗子……

那次早市回来，我欣喜了许多天，烟火气的生活终于有了着落。

很快就在新民菜市场里找到了宝藏——虹螺岘干豆腐，当然，北京人叫豆腐皮儿。还找到了味道正宗的东北酸菜。

以后我每周或十天就去一次，都像进货一样，拉一满车回来。也都是赶在中午 12 点以前去，因为一到 12 点早市就撤了，铁皮门又严严实实地拦成一堵墙，像什么都没有发生过一样。

2

女儿小学毕业，我们就告别了西城。菜市场，又得重新找起来。

原来离家不到一公里，就有个南湖大市场，因为隐藏在小区中间，一直被我错过了。

南湖大市场，主打一个韩范儿。韩国化妆品、锅碗瓢勺、冰激凌、牛奶种类超全。海鲜的来源地，也扩展到了远东深海。帝王蟹、红毛蟹，新鲜的鳗鱼都有，而且价格便宜。

我最喜欢的是一家韩国泡菜店。泡菜、拌菜、腌牛肉都有。辣白菜按发酵时间和酸度分了许多等级。里面贴墙摆着一排金属门的大冷柜，柜门被擦得锃亮，柜台、面板光可鉴人。

一半的店铺老板都是韩国人，也有许多日本人。听着他们之间无障碍的沟通，经常恍惚自己身在何处。

市场门口有家烤串店生意很是红火，肉块很大，方方正正的，烤得滋滋冒油，远远就能闻到香味。那段时间，老公和女儿经常主动要求陪我去市场。

好景不长，突然有一天，市场就变成了一片工地。托着空车，站工地前，那些钢筋像是扎进了我的心里。

过了很久，才辗转打听到南湖市场的新址——望京体育场。废弃的体育场被重新利用起来，一排排摊位像运动员的列队。菜品丰富到无法想象，找到了香芋，就是红楼梦里宝玉为给黛玉解困编的那个故事里的香芋，比大芋头小，比小芋头大。刮去厚皮，切成豆腐块，加入三倍的水煮，就是美味的甜品。有家柴火老豆腐店，门口总是排着长队。

半封闭的大厅里，摊位分了明确的区域：猪肉、家禽、海鲜……又找到了老朋友：卖牛羊肉的回族小妹、卖家禽的夫妻俩、卖海鲜的三兄弟。又可以订到牛舌、金钱牛腱了。

手工剁的猪肉馅儿、带着长长的脚蹬老土鸡，这些看得我双眼发亮。站在空地当间，原地转圈，那些快乐的食材都转起来，转成缤纷的幸福时光。

大约两三年的光景，市场被割去了一角，建了网球场。后来，网球场又扩成了小型足球场，周末有许多衣着专业的小男孩在里面跑。没过两个月。市场突然就关门了，四下铁门都挂上了铁链锁，门缝里是一地狼藉。

那些垃圾，像是堆进了我的心里。

3

后来三源里菜市场一时竟成了网红打卡地。三元桥，上班、上学都不顺路。像块石头，一直存在心里。

一次，在机场高速路上，远远看见了三元桥，径直下了道。市场不是很大，一条大棚。水果、干果、肉类、海鲜，样样都有七八家。一询价，高得让人咋舌。

盘锦的咸地柿子，在这儿叫“铁皮柿子”，35 块钱一斤，装了盒。云南蘑菇，都带着红土的，问完价，就想快步离开了。想起那年在丽江逛的市场，这种蘑菇都是论堆卖的。各种龙虾、帝王蟹都有，都没有还价儿的勇气。进口奶酪，各色啤酒、红酒、洋酒看得人眼花缭乱，巧克力也非常全。

逛市场的，有一半是外国人，各种肤色，各种体型都有。迎面一个裹了纱丽的印度女人，美得惊人，直盯着人家看了半天，最后收获了一个白眼。

这市场，一趟下来，没个三头五百的啥也买不着，自己去探了店，又带女儿去打了卡，就再也不想去了。

4

小营北路上有个市场，露天的，有时候人头攒动，有时候空无一人。后来一打听才知道，那是个早市。不知道几点开，一到中午 12 点就人去地空了。

早市，利用了那片 L 形的空地，有用铁架木板搭成的货架，也有直接摊在地上的。菜是真的新鲜，黄瓜，都是顶瓜带刺的；土豆、胡萝卜带着泥；西红柿裹着细毛；玉米须子都是嫩绿的。

那块高低不平的地，我一踩就是五六年。

5

去年，在百子湾租了半年房子。因为女儿实习的单位在那儿附近，还因为那儿有个著名的大市场——百姓菜篮子。

市场大厅有一公里长，生鲜水果样样齐全。还有许多网红小吃店：肉蛋堡、拌鸡架、百年老汤。最让我心动的是“小青龙”，之前，在秦皇岛海鲜市场买过 80 块钱一只的，这个市场也有，一问价格 120 块钱，可以再等等。终于，在女儿生日那天，用160块钱买了两只。

为了去市场方便，老公还给我买了辆电动小摩托。每次从菜市场出来，把袋子往脚踏板上一放，心里那叫一个踏实。小摩托的车轮碾过太阳烤热的路面，发出黏腻的丫丫声，偶尔有溅起的小石子磕到马路牙子上，都像从我心里飞出的快乐音符。

还在这个市场买到了纯正新疆棉的薄被，又轻又软，舒服极了。

有人，会因为山水爱上一个城市。我会因为一个市场，爱上一个区域。从百子湾搬走，已经快一年了，每每想起菜篮子，嘴里还有肉蛋堡的味儿。

6

搬到昌平以后，才知道，以前娜娜说的："姐！你是不知道，五环外人们的生活有多幸福。"这话一点儿也不夸张，空气好，不堵车，最主要的是生活方便，物价低。

对于我们这些退休的人来说，简直就是天堂了。奥北便民生活广场，大到无法想象。是我见过的最大的批发市场，50米长的大厅有26个。分类细致：水果厅、牛羊肉厅、海鲜厅、小食品厅、调料厅。

停车场正前方还有个大型的蔬菜批发市场，据说每天凌晨两三点就开市，过了中午12点，基本就都挂帘休息了。

现在，给老妈打电话，我最爱问的就是盘锦的菜价，没办法，现在底气太足了。

我又开始腌咸菜、渍酸菜、晒辣椒了。吃多少，不重要，那些都是生活的仪式和味道。

老公说我一进菜市场就眉开眼笑。跟这个询询价，跟那个点点头。一会儿工夫，就找不到人影儿了。

北京，在我心里有两张地图。一张标的是公园、寺庙、名胜古迹；一张就是市场地图。去过的每一个菜市场，都在上面有个重重的红点。即便，有些在真实的地图里已经消失了，可它们在我的心里和那些眼角细碎的皱纹一起，刻进了我生活的味道里，永远挥之不去。